La memoria

1056

DELLO STESSO AUTORE

Il ragazzo che leggeva Maigret
La casa di ringhiera
Gli scheletri nell'armadio
Il segreto di Angela
Il caso Kakoiannis-Sforza
L'uomo con la valigia
Morte di un ex tappezziere

nella collana «Il contesto»

L'errore di Platini
Il correttore di bozze
Il superstizioso
Prenditi cura di me
Piccola enciclopedia delle ossessioni

Francesco Recami

Commedia nera n. 1

Sellerio editore
Palermo

e-mail: info@sellerio.it
www.sellerio.it

Questo volume è stato stampato su carta Palatina prodotta dalle Cartiere di Fabriano con materie prime provenienti da gestione forestale sostenibile.

Recami, Francesco <1956>

Commedia nera n. 1 / Francesco Recami. - Palermo : Sellerio, 2017.
(La memoria ; 1056)
EAN 978-88-389-3609-8
853.92 CDD-23 SBN Pal0294296

CIP - *Biblioteca centrale della Regione siciliana «Alberto Bombace»*

Commedia nera n. 1

Fatti, persone, luoghi, date, nomi e circostanze presenti in questo libro sono di pura invenzione. Persino il sottinteso e il non detto non hanno alcun riferimento con la realtà.

1

«Caro, mi passeresti la marmellata di mirtilli, per favore? E già che ci sei, anche il burro?».

L'uomo in pigiama a righe eseguì, ma era chiaro che aveva ben altro per la testa.

«Senti caro, sii gentile, non è che mi prepareresti una spremuta d'arancia? Scegli le più rosse, mi raccomando... Anzi, non ti sia d'obbligo, fanne due bicchieri, uno anche per Gianni».

L'uomo in pigiama si alzò in piedi e strascinando le pantofole sul pavimento lucidato della sala da pranzo andò in cucina.

Mentre si dava da fare con lo spremiagrumi masticava amaro. Portò le due spremute in tavola.

«Grazie caro, sei un tesoro, ma cos'hai da sbuffare? È per la spremuta? Andiamo...».

L'uomo in pigiama si decise a parlare.

«No, cara, è che... questa situazione sta diventando insostenibile. Cara, dobbiamo parlarne».

«Non vedo che cosa ci sia di cui parlare» replicò lei mentre imburrava la fetta di pane abbrustolito, «e poi ho fretta, devo andare a lavorare, io!».

«Ma come pensi che si possa andare avanti così? Io sono allo stremo...».

«Allo stremo? Ma se non fai niente tutto il giorno, e io allora che dovrei dire, mi faccio un mazzo così dalle otto di mattina alle nove di sera, quando non mi tocca lavorare di notte... e tutto perché tu...».

«Lo so, lo so, non è che mi sto lamentando, prova a metterti nei miei panni».

«L'ultima cosa al mondo che mi va di fare è di mettermi nei tuoi panni...».

«Ecco, cominciamo dalle ultime novità, per esempio quella delle punture, lo sai che non mi va, proprio non mi va».

«Ma di cosa ti preoccupi, non sono mica punture vere, è soluzione fisiologica, permetterai che Gianni debba fare un po' di allenamento».

Colui che rispondeva al nome di Gianni si affrettò a precisare: «Ah, non guardate me, quella delle punture non è stata un'idea mia».

«Vedi caro, torno a ripeterlo. Non è colpa mia se tutti nel condominio credono che Gianni sia un infermiere, che viene in casa nostra a "fare la notte" a causa delle tue condizioni di salute. Mi pare più che normale che un inquilino gli abbia chiesto se la mattina poteva passare da lui, che vive solo, a fargli l'iniezione, si tratta di un ciclo di trenta giorni. E si sono messi d'accordo per 10 euro a iniezione. Ti sembra poco? Per un'iniezione? Cinque minuti e 10 euro in tasca, nei tempi in cui viviamo...».

Gianni annuì, bevendo il caffellatte: «In effetti dieci euro per una iniezione sono una bella cifra...».

«Sì, ma si dà il caso che il signor Gianni qui presente non sia affatto un infermiere e non abbia la minima idea di come si faccia un'iniezione...».

«Ben per questo ha bisogno di fare pratica... e poi che ci vuole a imparare? Niente, già al terzo tentativo se l'è cavata benissimo. Ammetterai che la prima volta può essere che uno non abbia la mano, magari infilza troppo forte l'ago, oppure troppo piano».

«Sì, la prima volta mi è venuto il braccino, ma poi ho capito come si fa, mano ferma e decisa, dopo aver dato il pizzicotto...».

«Ma io ho le chiappe tutte sforacchiate per via che lui deve fare pratica, e perché deve farla proprio su di me?».

«E su chi altri vorresti che la facesse? Vedi nessun altro in giro? Alle nove Gianni deve andare a fare la prima iniezione, vuoi che arrivi lì insicuro e in piena tensione nervosa? Adesso full immersion, te ne farà almeno quattro di prova. Ormai solo tu puoi valutare il grado della sua preparazione... accidenti, com'è tardi, devo uscire. Ma se quando torno so che vi siete messi d'accordo, e non avete fatto esercizio...».

«Maria Antonietta, io non ce la faccio più! Passi che i vicini pensino che il signor Gianni è il mio badante notturno quando invece è qui con tutti altri incarichi di Pubblica Sicurezza, passi anche che lui trascorra le notti in camera tua e non in camera mia, passi che io in tutte le decisioni non abbia voce in capitolo, nelle mie condizioni, passi tutto, ma le punture no!».

«Ah, questa poi! Una scenata in piena regola! E alle sette e mezzo del mattino! E davanti a un estraneo!».

«Ma lui non è affatto un estraneo, ormai è come se fosse di famiglia».

«Come osi metterla su questo piano? Come osi metterla su un piano qualsiasi? Come osi parlarmi così? Vuoi portarmi all'esasperazione?».

«Veramente quello portato all'esasperazione sono io, non trovi?».

«Non trovo per niente, e in ogni caso, cos'è, una minaccia? Osi minacciarmi? Sentiamo, che cosa faresti tu, visto che sei così esasperato?».

«Potrei anche... potrei anche fare un gesto estremo...».

«E quale sarebbe questo gesto estremo? Toglierti la vita, tanto per mettermi in difficoltà? Io che ho dedicato la mia esistenza a occuparmi di te? E adesso mi minacci con il "gesto estremo"... non ci riusciresti mai! Sappilo, è l'ultima delle mie preoccupazioni».

«No, ma io potrei... potrei...».

«Potresti?».

«Andare alla polizia!».

La signora, indossando il soprabito col collo di pelliccia, fece un mezzo sorriso.

«Ma che dici, pezzo d'imbecille: la polizia sono io!».

In effetti in quel momento squillò il telefono, era la Centrale, l'agente Mondaini. Il commissario Maria Antonietta Salvatores inserì il vivavoce, mentre allo specchio si sistemava la pettinatura.

«Vi ho detto mille volte di non chiamarmi a casa, solo in casi gravissimi! Fra neanche un'ora sono in ufficio! Cosa c'è di così urgente?».

«Mi scusi enormemente, signor commissario, ma è che c'è stato un omicidio, uno stranissimo omicidio, all'ospedale».

«Che cosa, e tu mi chiami perché hanno ammazzato un tizio all'ospedale? Che ci vada Marra, immediatamente».

«Dottoressa, Marra ci è già andato, è che la situazione è molto strana, perché veda...».

«Cosa c'è di tanto strano? È la prima volta che uccidono qualcuno all'ospedale? Capita tutti i giorni...».

«Non si arrabbi, commissario, il fatto strano è che hanno ucciso un malato con la lupara, gli hanno sparato in fronte...».

«E allora?».

«C'è un altro fatto, dottoressa, una circostanza particolare... la vittima era un malato terminale, aveva davanti a sé pochi giorni di vita...».

Maria Antonietta si pulì le labbra con un fazzolettino, e controllò l'uniformità del rossetto, rimuginando.

«Mmhhh, con la lupara... e chi è il morto, un mafioso, un pregiudicato? Che motivo c'è di ammazzare qualcuno che ha i giorni contati? Che ti ha detto quel cretino di Marra? Ci sono testimoni? E uno se ne entra tranquillo in ospedale con la lupara? La faccenda puzza: controllate l'identità del morto, magari non corrisponde per niente a quella dichiarata: siete sicuri che non sia un camorrista sotto falso nome? E siete sicuri che fosse malato per davvero? Potrebbe essersi nascosto in ospedale coperto da un'altra identità, con la compiacenza di qualche medico corruttibile, tanto lo sono tutti. Che altro si sa?».

«Mah, il fatto è successo stamattina alle sei e mezzo, Marra ci sta lavorando ma ancora non è venuto fuori granché. Testimoni non ce ne sono, e il professore non è ancora arrivato, il personale non dice niente, sa, la privacy».

«La privacy? La privacy? Ma io li metto tutti dentro questi stronzi. E dov'è il morto adesso?».

«È sempre nel solito posto, sul suo letto...».

«Fammi parlare immediatamente con Marra».

«Sì dottoressa, ce l'ho in linea, eccolo...».

Dopo qualche minuto di improperi di Maria Antonietta, Marra riuscì ad aggiungere qualche dettaglio in più. Alle 6.35 nel reparto di oncologia si erano sentite due esplosioni di arma da fuoco. Quando l'infermiera era corsa nella camera dalla quale provenivano le detonazioni non aveva avuto il coraggio di entrare, temendo per la sua incolumità. Aveva chiamato la Security, una guardia giurata era arrivata dopo dieci minuti, era entrata con prudenza nella stanza e aveva scoperto la vittima con la faccia spappolata. Nessun altro presente. E nessuno aveva visto niente. Niente estranei, tantomeno armati. L'assassino evidentemente doveva essere un professionista e si era dileguato senza lasciar traccia.

«Ah, doveva essere un professionista! Ma sei un vero genio, Marra! Un killer che si introduce in un ospedale e giustizia qualcuno con la lupara è evidentemente un professionista... e la faccia è completamente spappolata, così la vittima non è neanche riconoscibile! Siamo messi proprio bene, Marra, te la sei fatta dare almeno la cartella clinica del paziente? Ci sono parenti, familiari?... Hai bloccato l'intero reparto, in modo che non possa uscire ed entrare nessuno? Ma possibile che ti debba dire tutto io?».

«Ho interrogato già qualche infermiere, il professore direttore del reparto non c'è, c'è un medico di guardia che mi ha fatto vedere la risonanza magnetica del paziente, un caso disperato...».

«Marra, tu mi fai andare in bestia! E così tu te ne intendi di risonanze magnetiche, eh? E chi ti dice che la risonanza non appartenga a qualcun altro? Ah, tutte a me devono capitare. Va bene, va bene, arrivo, lo sapevo che oggi la giornata non prometteva niente di buono, fai in modo che fra mezz'ora siano tutti lì, anche il signor Professore, se no faccio un macello... ripassami Mondaini!».

Marra le ripassò Mondaini, attraverso il centralino.

«Mondaini, mandami una macchina, immediatamente!».

«Sì, subito, dottoressa... però... tuttavia... veramente, commissario, ci sarebbe un altro fatto, di una certa gravità, qualcosa che...».

«Qualcosa cosa? Ti vuoi sbrigare che ho fretta?».

«Beh, veramente, commissario, non si alteri, mi promette che non si altera?».

«Mondaini, o parli o appena arrivo ti taglio la lingua, hai capito?».

«Sì commissario, sa... si ricorda di Costa Santuzzo, quello del caso della gioielleria? Quello che lei fece parlare dopo due giorni di interrogatorio?».

E come non ricordarsene, Maria Antonietta lo aveva torchiato infrangendo qualsiasi regola, per esempio...

«Certo che me lo ricordo, il soggetto è attualmente detenuto sotto sorveglianza speciale presso il carcere di massima sicurezza. Che gli è successo, hanno sparato con la lupara anche a lui? Questa sarebbe un'ottima notizia».

«No, non esattamente, il fatto è che il detenuto non è più detenuto...».

«Ma che dici, quello si deve fare altri diciassette anni, sei rincretinito?».

«Forse sì, cioè no... non so... il fatto è che il detenuto è evaso...».

Maria Antonietta si immobilizzò. Restò pietrificata per qualche secondo, poi esplose in un urlo belluino.

Si scatenò contro le tazzine da tè e da caffè, rovesciò le marmellate, ruppe il bricchetto del latte, infierì su sedie e suppellettili.

Gianni e Antonio Maria si nascosero dietro uno stipite.

Poi Maria Antonietta riprese la cornetta.

«Mondaini, nella macchina che mi viene a prendere ci devono essere due agenti, non uno».

Prese la borsa, controllò la pistola d'ordinanza e uscì sbattendo la porta.

2

Nella camera personale di Antonio Maria Cotroneo, quella dove da anni dormiva separatamente dalla moglie, lui giaceva sul suo letto a una piazza.

Mestamente, rassegnato, si abbassò i pantaloni del pigiama e si dispose a pancia in giù.

«Facciamo in fretta, per favore».

«Ah, guardi, dottore, non me ne parli, sono stanco morto, non ho dormito».

«Posso immaginarlo...».

«No, è che è un periodo, sono sempre stanco, la mattina mi tremano le mani, guardi, mi tremano le mani, non dormo».

«E me lo viene a dire a me che le tremano le mani?».

Gianni raccolse il materiale, siringhe, soluzione fisiologica, alcol denaturato, e tutto l'occorrente.

«A quale tocca per prima?».

«Eh?».

«Intendo dire a destra o a sinistra?».

«Mah, fa lo stesso, ormai mi è indifferente...».

«Tanto ne dobbiamo fare quattro, no? Così ha detto il commissario...».

«Senta, che rimanga fra me e lei, se ne facessimo solo tre?».

«Ah, ma se poi la signora lo viene a sapere?».

«La quarta siringa lei la prepara lo stesso, poi la butta, senza usarla, come fa ad accorgersene?».

«E se le controlla i buchi sui glutei?».

«Ah, ormai ne ho talmente tanti, non si accorgerà di niente...».

«D'accordo, ma io non voglio responsabilità, eh?».

«Sì, sì, cominci pure, me la assumo tutta io la responsabilità».

Gianni preparò con scrupolo la siringa, la riempì di soluzione fisiologica. Un lieve tocco con l'indice per far risalire la bolla d'aria, una infinitesima pressione allo stantuffo per far uscire la gocciolina d'acqua, e là, pronti.

Gianni massaggiò la parte alta della chiappa sinistra di Antonio Maria con un batuffolo di cotone intriso di alcol. Sembrava proprio a suo agio.

«Allora, è pronto?».

«Sì, sì, proceda pure...».

«Ma... ma come faccio? Lei è rigido come un pezzo di legno, non mi stia così rigido, si rilassi, così poi mi fa stare in tensione anche a me... e allora... stressato come sono...».

Antonio Maria tentò di calmarsi, ma non ci riusciva, tutti i suoi muscoli, soprattutto quelli dei glutei, quei pochi rimasti, erano in forsennata tensione.

«Cerchi di rilassarsi, dottore, se no qui non andiamo da nessuna parte, se mi sta così tutto intirizzito poi non si lamenti se le faccio male».

Questo avvertimento fu controproducente. Il soggetto divenne ancora più teso.

«Si distenda, chiuda gli occhi, provi a pensare a qualcosa di piacevole...».

«Qualcosa di piacevole? È una parola, non mi viene in mente niente di piacevole».

«Ma su, ci sarà pure, pensi a un gattino, a un cucciolo, oppure a un bel tramonto sul mare...».

Antonio Maria si concentrò. Richiamò alla mente un cagnolino molto simpatico che giocava in riva al mare, con uno stecco di legno. Era buffo, ogni tanto inciampava, si rotolava nella sabbia, poi correva a gettarsi nell'acqua. Una vera gioia. Correva, correva e...

Zac, il praticante infilò l'ago con mano pesante nella chiappa secca secca e già assai provata della cavia, non completamente rilassata.

«Ahhioo, ma che modo è questo?».

«Le ho fatto male?».

«Eh, abbastanza, si è dimenticato il pizzicotto che funge da avvertimento!».

«Ma che dice, il pizzicotto gliel'ho fatto a dovere, è lei che non si rilassa, ha paura?».

E certo che ho paura, pensava Antonio Maria. Si fece forza e cercò di tornare in se stesso. Comprese che non era colpa di quel povero ragazzo.

«No, no, non se ne faccia un cruccio, probabilmente la responsabilità è mia... è che... tutto sommato lei sta migliorando molto. Ho sentito solo un po' di male, ma che vuole, ormai non ho un posto libero...».

«Via, facciamo la seconda, vedrà che andrà tutto bene, lei però si rilassi, è troppo teso, e come faccio a lavorare se lei... adesso la facciamo a destra... mi dia giusto il tempo di prepararla... anch'io ho un nervoso addosso, devo calmarmi».

Antonio Maria cambiò posizione, porse l'altra chiappa e cercò di continuare a pensare al cagnolino. Il sole stava tramontando, rosso brillante, si rifletteva sull'acqua immobile. Un paesaggio idilliaco. Il cagnolino adesso saltellava vicino a lui, cercando di acchiappare il legnetto. Ma improvvisamente il cane si fermò, smise di fare le feste, restava fermo, chino, con la coda fra le gambe e le orecchie basse, era arrivato qualcuno. Ma chi? E perché il cucciolo aveva paura?

«Ma sei ancora qui? A giocare con un cane tutto sporco? Ma sei scemo, guarda come sei ridotto, ti sei riempito di sabbia, adesso io...».

«Ietta, ma che ci fai qui, questo cagnetto non...».

«A casa facciamo i conti! Ah, se li facciamo!».

In quel momento Gianni affondò il colpo, proprio mentre il signor Antonio Maria si contraeva in posizione di difesa, in attesa della sventola che Maria Antonietta si stava preparando a mollare.

«Aaarrrghhh... ahhhh, ma lei mi ammazza».

«Ma che le è preso, dottore? L'ago non è riuscito ad entrare, lei mi rende la vita difficile, ho preso un vaso, guardi qua, c'è un sacco di sangue».

Antonio Maria si tastò il gluteo dolorante, il sangue? Anche il sangue ci voleva, lui che fra l'altro la vista del sangue, il proprio, mal la sopportava.

«Mi pulisca, mi pulisca e mi faccia anche la terza, almeno questo supplizio che sia il più breve possibile. Facciamola finita...».

«Non si agiti dottore, vedrà che la prossima andrà benissimo, ho capito bene, poi cosa vuole che sia una goccia di sangue, avrò preso un capillare, mica si vedono da fuori. È tutta esperienza. Aspetti che la ripulisco... ma guarda un po' come sanguina... chi l'avrebbe mai detto».

Antonio restava muto e intirizzito, come un condannato alla fucilazione.

«Venga, venga, dottore». La terza siringa era pronta e ormai la cavia aveva perso le speranze.

Questa situazione non poteva continuare, ormai si era superato ogni limite. Ma a chi poteva chiedere aiuto? Maria Antonietta controllava completamente la sua vita, lui non aveva più conoscenti, amici, parenti. Eppure, in un modo o nell'altro, le cose dovevano cambiare.

«Allora me la fa questa puntura?».

Forse perché Antonio Maria era talmente abbattuto che si era lasciato andare completamente, senza più opporre alcuna resistenza, forse perché Gianni aveva imparato come esercitare un gesto fermo, tenero e deciso al tempo stesso, l'iniezione fu eseguita a dovere e la cavia non sentì alcun dolore.

«Bravissimo, Gianni, questa sì che era una puntura ben fatta».

Gianni era tutto contento e galvanizzato, in vista della prestazione professionale che avrebbe dovuto produrre di lì a poco.

Mise l'attrezzatura a posto, gettò siringhe e cotone idrofilo usato e si affrettò verso la porta. Antonio Maria si alzò dal letto, si massaggiò le chiappe: «Un momento, agente Gianni, un momento, non si dimentichi il foglio con la lista della spesa».

Questo perché l'agente Gianni Maioli provvedeva tutti i giorni o quasi a fare la spesa nei negozi del quartiere.

«No che non me la dimentico, la lista».

Il solo assillo della lista della spesa, e poi di dover pensare a cucinare, soprattutto far mente locale alla scelta di cosa mettere in tavola, sprofondava Antonio Maria nella depressione. Tutti i santi giorni doveva preoccuparsi di cosa far comprare, e di imbastire una cena con primo secondo e spesso anche dolce. Maria Antonietta per pranzo non c'era mai, ma la sera arrivava affamata ed esigente. E che non si parlasse di cibi precotti, pizze da riscaldare o brodini. Beh, oggi faccio il coniglio arrosto con patate, a proposito, ce ne saranno a sufficienza? Corse a controllare. Fortunatamente ce n'erano.

3

Antonio Maria, finalmente solo, si tastava i glutei e ripensava, oltre alla triste storia delle punture, a mille altre cose che erano avvenute negli ultimi anni. Com'era possibile che la sua vita si fosse ridotta a quella tragedia?

Tutto era cambiato con la «malattia», ma possibile che una malattia, fra l'altro una malattia abbastanza sfuggente, ti potesse cambiare la vita in quel modo?

Intorno alle otto e trenta si avviò verso il bagno, per la toeletta mattutina.

Alle nove era pronto, vestito, col solito gilet di velluto che non abbandonava mai, e la giacca da camera di fustagno, ormai lisa e frusta, la sua giacca da lavoro.

Le mattinate di Antonio Maria erano lunghe, lui cercava di impegnarle sbrigando lavoretti di sartoria. In effetti quella di sarto era stata la sua professione, godeva della qualifica di maestro di taglio e cucito, ma adesso quello che gli toccava fare erano solo piccole riparazioni, accorciare i pantaloni, allargarli sui fianchi, risistemare qualche giacca o qualche abito per proprietari che erano ingrassati sulla panza, raramente per gente che era dimagrita. Ma oggi come oggi chi è che fa riparare gli abiti, si fa prima a comprarne di nuovi.

Eppure lui il mestiere lo conosceva, ma questo non per vocazione o per scelta professionale, bensì perché suo padre era proprietario di una conosciuta sartoria per uomo.

Quest'oggi aveva un lavoro un po' più complicato da fare, sostituire tutti i bottoni di un abito maschile di lana, di buona fattura. Un abito pieno di tasche e taschini. Così gli venne un'idea.

Antonio Maria Cotroneo aveva fatto il liceo classico e poi si era iscritto a Giurisprudenza. Il suo progetto, si fa per dire, era quello di diventare un avvocato. L'iter universitario procedeva un po' a rilento, ma nella media. L'ultima cosa a cui pensava era quella di doversi occupare dell'atelier del padre, a quell'epoca un cinquantacinquenne in piena forma che metteva le dovute corna alla moglie e si riteneva un dio in terra. In quel modo aveva anche trasmesso alla famiglia un senso di sicurezza trans-temporale. Ognuno si preoccupava, poco, del qui e dell'ora, soprattutto Antonio Maria, che godeva di un appannaggio più che sufficiente per fare la vita da studente senza particolari ansietà.

Il problema si pose bruscamente quando il signor Cotroneo padre morì, ex abrupto, per un attacco cardiaco. Nessuno, a partire dal diretto interessato, l'aveva immaginata in quei termini, e tutti si trovarono a dover modificare il proprio stile di vita.

Primo fra tutti Antonio Maria, col quale sua madre fu chiara. Doveva sospendere gli studi e occuparsi direttamente della sartoria, che teneva tutti in vita.

Peraltro il padre in precedenza aveva tentato di coinvolgere Tonino negli affari dell'atelier, cercando di insegnargli un po' il mestiere. Era convinto che suo figlio per la carriera di avvocato non ci fosse tagliato, d'altronde per svolgere quella professione bisogna avere un genitore che già può contare su uno studio legale avviato, oppure un po' di sangue agli occhi, una profonda determinazione e la capacità di non guardare in faccia a nessuno. E suo figlio non disponeva di nessuna di queste caratteristiche, negli studi andava avanti per inerzia e probabilmente riteneva possibile trascinarli avanti all'infinito.

Così, senza poter obiettare alcunché, dopo la morte del padre Antonio Maria fu investito della responsabilità dell'atelier. In fondo era un nuovo status, che gli richiedeva non più di tre o quattro ore di lavoro al giorno, come sovrintendente, per fortuna la sartoria funzionava quasi per conto suo, grazie a un paio di persone che conoscevano il loro mestiere. E il ruolo del «padrone» tutto sommato ad Antonio Maria non stava stretto, si ritrovava molti più spiccioli per le mani, in confronto ai suoi colleghi di studi era un signore, aveva la macchina grossa, quella che si era comprata di recente il padre, e tutta un'altra serie di vantaggi.

L'unico problema era che durante il corso di studi aveva conosciuto Maria Antonietta, che veniva da una famiglia di funzionari statali originaria della stessa regione da cui provenivano i Cotroneo. Fra i due si era sviluppata una certa simpatia, che poi si trasformò in relazione ufficiale, cioè in fidanzamento.

Maria Antonietta era una ragazza splendida, avvenente, formosissima e alta, superava il suo innamorato di quasi venti centimetri, e disponeva di un petto monumentale. In molti all'università le facevano la corte, lei accondiscese solo a quella di Antonio Maria, che le pareva una persona seria, soprattutto dopo la morte del padre.

Ma per lui il fidanzamento con Maria Antonietta alla fine risultò un vero patimento. Nonostante la sua esuberanza fisica, neanche troppo nascosta da abbigliamenti eccessivamente castigati, lei era di costumi sessuali rigidissimi, cioè nulli. Aveva ricevuto un'educazione molto severa al riguardo, e di rapporti prematrimoniali non se ne parlava neanche, al massimo qualche pomiciata al parco con relativa eiaculazione all'interno dei pantaloni, giusto per disperazione. Fin dai primi tempi nell'intimità lei lo chiamava «Pupo».

Antonio Maria visse alcuni mesi nello sconforto, oltretutto non mancavano gli sfottò degli amici, il piccoletto che si chiama Antonio Maria fidanzato con la ragazzona che si chiama Maria Antonietta. Lui, quando i suoi amici lo sottoponevano all'interrogatorio, mentiva spudoratamente, millantando rapporti sessuali completi con quel gran pezzo di femmina. Ma il suo desiderio rasentava il parossismo, e lei, indubbiamente, lo sapeva.

Fu così che si sposarono, lui impegnato, si fa per dire, nell'attività di gestione della sartoria, lei alla fine del corso di studi, pronta a sostenere l'esame per quella che i suoi genitori ritenevano una professione impossibile per una donna: commissario di polizia.

Eppure accadde che presero casa in un bel quartiere in un appartamento di classe che il padre di Antonio Maria aveva acquistato in precedenza (per le sue scappatelle), e che lei superasse il concorso per diventare commissario di polizia. Una stranezza, in quegli anni, quando mai si era visto un commissario di polizia femmina?

Fin dalla prima notte di matrimonio per Antonio Maria si presentarono delle sorprese. Sua moglie si mostrò essere molto diversa da quella che lui si era immaginato.

Antonio Maria, mentre svuotava la lavastoviglie, per rilassarsi cercava di pensare alle infinite sedute erotiche cui lo sottoponeva la giovane moglie. Nei primi tempi non ci poteva credere, proprio a lui era toccata in sposa quella donna fisicamente esuberante e sessualmente insaziabile, sempre pronta, alle otto del mattino come dopopranzo o all'ora del tè, per non parlare dell'immediato dopocena o della notte, ad accogliere nel suo seno quell'uomo di piccole dimensioni generali. Ah, com'erano belle quelle giornate, passate a letto, senza sosta, senza pause. Maria Antonietta era una delle donne più belle e ambite della facoltà, e tutto quel popò di fisico era a sua disposizione, una disposizione tutt'altro che passiva. Ebbene sì, era stancante, ma quella stanchezza era la più bella stanchezza che si potesse immaginare, un ininterrotto dispendio di energie e di orgasmi, fino a perderne il conto.

Com'era bella e soda Maria all'epoca, e pensare che probabilmente lo era tutt'ora.

Che paradiso... ma adesso...

Ecco, proprio quando i suoi pensieri si trovarono a deflettere un po' dalla semplice rimembranza, per riportarlo all'attualità, Antonio Maria si contrasse, come in un brusco risveglio.

Sta di fatto che Maria Antonietta aveva introdotto Antonio Maria in una dimensione del sesso a lui sconosciuta. A parte la sua insaziabilità, aveva dei costumi stravaganti. Non le risultava per niente difficile raggiungere l'orgasmo, che annunziava mettendosi a cantare a voce piena: e la canzone che cantava era sempre la stessa e più o meno recitava così: «Vola via tempesta, non turbar molesta, del piccin la nanna...». Ecco, quando Maria cominciava ad andare su di giri attaccava con «Vola via tempesta,...», e non è che queste parole avessero su Antonio Maria un effetto propriamente stimolante.

«Non potresti dirmi qualcosa di più eccitante, che ne so "Dacci dentro che godo come una maiala, sono la tua maiala, sfondami come una troia..."».

Maria si offese a morte: «Come osi, piccolo moscerino dotato di un pisellino di medie dimensioni, trattarmi così? E così io sarei la tua troia? Ma non ti vergogni? Per punizione adesso ti dai da fare per tre ore consecutive, sono stufa di rinunciare al piacere perché tu non ce la fai, credi che la mia pazienza non abbia limiti, Pupo mio?».

Quella fu la prima volta in cui Maria Antonietta espresse cenni di insoddisfazione. Ma ci sarebbe tornata sopra, e pesantemente, nei mesi successivi.

Fin dai primi segni che indicavano come Antonio non riuscisse a tenere i suoi ritmi, lei lo investì delle sue preoccupazioni: «Hai un'altra? Dimmelo che hai un'altra e che io non ti interesso più». Questo perché lui non riusciva a farne più di due di filata.

In quel periodo Maria Antonietta cominciò la sua carriera di commissario. I cardini della vita familiare necessariamente cambiarono. Il marito lavorava poche ore al giorno, confidando che la sartoria gli avrebbe garantito ottimi redditi per sempre. Maria invece era impegnata tutto il giorno, non fu facile per lei essere accettata come dirigente in un ambiente quasi del tutto maschile.

Ma lei sapeva farsi rispettare, e non permetteva che le si mettessero i piedi in testa. Peraltro beneficiò di una fase storica nella quale donne in posizione di potere erano cercate col lanternino.

Purtroppo, già in quel periodo, cominciavano a mostrarsi i segni della malattia di Antonio Maria.

4

Finito il suo lavoro, inquietissimo per quello che aveva fatto, si era di nuovo abbandonato sul letto, disperato e impaurito. Che ho fatto? Che ho fatto? Improvvisamente accanto a lui suonò qualcosa. Possibile? Scoprì l'oggetto che squillava, era un telefonino portatile, lui non ne aveva mai posseduto uno, ma a forza di spiare Maria Antonietta sapeva come usarlo. Lo lasciò terminare di suonare, poi lo prese con grande prudenza in mano. Sul display compariva la scritta «Mazzetti». Ne aveva sentito parlare dell'agente Mazzetti. Sicuramente l'apparecchio apparteneva all'agente Gianni Maioli.

Un telefonino, un cellulare! Forse con quello avrebbe potuto fare qualche telefonata, chiedere aiuto, lanciare un altro SOS. Dentro un volume dell'enciclopedia Hachette aveva nascosto un fogliettino, con un numero di telefono speciale.

Quante volte avrebbe voluto provare a chiamare quel numero, trovato sul giornale, in calce a un articolo che parlava di violenza in ambito familiare. Eppure non ne aveva mai avuto il coraggio, dal telefono di casa. Maria Antonietta sicuramente era al corrente di tutte le chiamate in uscita e in entrata, e disponeva delle registrazioni. E allora c'era da finire male, roba da cella di rigore. Per giunta probabilmente LEI aveva fatto in modo che certe chiamate fossero immediatamente girate a LEI medesima, o a persone di sua fiducia.

Però adesso poteva telefonare liberamente, lei non lo sarebbe mai venuto a sapere.

Si dette una scossa, recuperò l'appunto e digitò il numero. Il tempo a disposizione era poco, presto Gianni sarebbe tornato a recuperare l'apparecchio.

«Pronto, parlo con il Centro Antiviolenza?».

Gli rispose una donna.

«Sì, buongiorno».

«Ecco... veda... posso parlare...?».

«Certo che può parlare, dica pure, di che si tratta?».

«Ecco, mi ascolti...».

«Siamo un centro di ascolto...».

«... è un po' difficile per me parlare... è per una situazione di violenza e maltrattamenti».

«Ah, dunque, si tratta del rapporto fra lei e sua moglie, o la sua compagna?».

«Beh, ovviamente sì».

«E dunque lei ha bisogno di una consulenza su un rapporto di maltrattamento fra lei e sua moglie?».

«Esattamente sì».

«E di che tipo di problemi si tratta?».

«Ah, violenza, in tutte le sue declinazioni: fisica, psicologica, sessuale e anche naturalmente economica. Ecco, forse partirei da quella economica: proibizione assoluta di disporre e di utilizzare qualsiasi cifra... neanche gli spiccioli...».

«Ah, quello che mi dice non mi coglie di sorpresa... l'umiliazione sul piano economico è una delle forme più diffuse di maltrattamento... Quando un coniuge detiene il controllo assoluto delle risorse economiche familiari...».

«Sì, sì, è proprio così, che fortuna che ho trovato lei che mi capisce così bene...».

«Beh, sì, ecco, quello che mi dice è molto importante, quello che lei sta facendo è molto importante, lei è molto coraggioso, però, mi deve scusare, se lei vuole consulenza su un rapporto di violenza ai danni di sua moglie, deve chiamare un altro numero, quello per gli UOMINI MALTRATTANTI, la metto immediatamente in linea... ma una domanda preliminare, sua moglie si è già rivolta in passato alle autorità di polizia? Esiste una denuncia a suo carico? Ci sono state denunce da terzi, per esempio da parte del Pronto Soccorso?».

«Uomini maltrattanti? Uomini maltrattanti? Ma che sta dicendo? È mia moglie che esercita questi tipi di violenza su di me, e a proposito del maltrattamento economico vorrei aggiungere che io è una vita che lavoro, in casa, e non mi è mai stato riconosciuto niente... lo sa che gli unici denari di cui dispongo sono monete da 1, 2 e 5 centesimi?».

L'operatrice non sapeva come comportarsi. «Beh, guardi, questo è un numero verde per casi di violenza sulle donne... il nostro centro propone anche un servizio per maschi che vogliono affrontare il loro problema di Maltrattanti, ma non forniamo consulenze, non prendiamo appuntamenti per casi opposti, ove ce ne fossero... la cosa esula dalle nostre competenze...».

«Ma come, io subisco violenze fisiche, economiche, soprattutto psicologiche, di ogni tipo, e mi dite che il Centro Antiviolenza non se ne occupa?».

«Aspetti un attimo, mi consulto con un responsabile, è una situazione per noi nuova, resti in linea...».

«Ma non c'è tempo da perdere, vi do le mie coordinate... mi chiamo...».

«No no no, queste telefonate devono restare rigorosamente anonime, solo se lei si presenta qui, al Centro, o meglio, al Centro per i Maltrattanti...».

«Maltrattante io... ma fate presto... lei potrebbe sapere qualcosa di questa telefonata, venitemi a prendere... via...».

All'altro capo dell'apparecchio non c'era più nessuno. Antonio Maria restò in linea, ma il tempo correva veloce. Fra l'altro arrivò un segnale acustico, più di un segnale acustico, di chiamate per Gianni. Oddio, sarà lui che cerca il suo telefono, e che penserà se trova occupato? E che succederebbe invece se a chiamare fosse Maria Antonietta?

Quando il responsabile riuscì a raggiungere l'apparecchio Antonio aveva già chiuso la telefonata, terrorizzato. Aveva gettato il telefono dentro il WC, in modo che fosse impossibile risalire all'uso che ne era stato fatto.

Poi ci ripensò, lo estrasse dalla tazza e lo asciugò con il phon. Lo buttò sul pavimento, come se lì fosse caduto casualmente. Oddio, che ne sarà di me adesso?

Per tutto il resto della giornata visse nell'assillo che le sue azioni scellerate fossero già di dominio pubblico, in particolare di sua moglie.

5

Quella sera Maria Antonietta tardava a rientrare, Gianni arrivò prima di lei.

Antonio lo avvertì immediatamente che aveva ritrovato in camera sua un telefonino, lui pensava fosse suo, ma non sapeva come fare ad avvertirlo. «Sa, io con queste diavolerie proprio non ci so fare».

«Ah, meno male, l'ho cercato tutto il giorno, ho anche provato a chiamarlo con altri telefoni, ma non rispondeva nessuno».

Controllò il cellulare che non funzionava più, morto.

«Eh, si sarà rotto cadendo in terra. Però è strano, quando ho provato a chiamarlo, dava libero... vabbè, di telefonini ne ho altri tre, questo qui non lo uso quasi mai, pazienza».

Estrasse la SIM card e il telefono lo buttò nella spazzatura.

«Tanto quella che conta è questa, c'è registrato tutto, rubrica, traffico, conversazioni».

Antonio Maria deglutì agghiacciato. Questa proprio non la sapeva, quindi si sarebbe potuti risalire alla chiamata che aveva effettuato lui?

Maria Antonietta arrivò a casa molto tardi, era sconvolta ed esausta: «Ah, che giornata».

Gianni era già a tavola, Antonio Maria servì i tortellini in brodo: «Si saranno un po' freddati? Volete che li scaldi?».

«No, no, non ti disturbare, ho una fame che non ci vedo. A proposito, Gianni, come è andata con la puntura?».

«Ah, benissimo, il paziente era molto soddisfatto, mi ha detto che ho la mano fatata. C'è da dire che è un signore robusto, non gli manca la ciccia nel posteriore. È stata una passeggiata».

Antonio Maria si irrigidì: non disse niente, ma dentro di sé protestava vivamente: ah, è così, le mie chiappe da esercitazione non vanno bene? Sono troppo magre?

Ma Maria Antonietta aveva altro per la testa. Mentre aggrediva i tortellini cominciò a sfogarsi, ne aveva bisogno.

«Oggi è stata la peggiore giornata dell'anno. Non bastava l'omicidio all'ospedale con lupara, non bastava l'evasione del Costa Santuzzo dal carcere, io assicuro i colpevoli alla giustizia e gli altri li fanno scappare... no, ci voleva anche l'omicidio a coltellate della bella signora... La quarantacinquenne in carriera, avvocato, figlia di avvocati, nipote di avvocati, moglie di professore universitario. Ecco, qualcuno le ha rifilato più di venti coltellate, non è neanche facile contarle. A quanto pare questo qualcuno è entrato in casa dopo mezzanotte, dalla finestra. Non si sa quanti erano, ma hanno messo a soqquadro tutti i locali, si presume dopo aver fatto fuori la signora. I vicini dicono che sono stati gli slavi, ne hanno visti alcuni aggirarsi per il quartiere. Hanno rubato qualche gioiello, niente d'importante, almeno a quello che ha detto il marito. Però le hanno portato via il tablet, e lì hanno fatto un errore grosso perché su quel tablet era attivo il dispositivo che permette di localizzarlo a distanza. E infatti il computer è stato ritrovato, quasi subito. E sapete dove? In un cassonetto vicino a casa. E perché? Dubito che gli slavi, chiamiamoli così, abbiano rubato un computer per buttarlo via subito. Per accorgersi che il tablet era tracciato avrebbero dovuto accenderlo, e non sono così scemi da farlo appena usciti di casa».

Maria aveva spolverato due piatti di tortellini in brodo: «Che c'è di secondo?».

«Fegato alla veneziana e rapine ripassate in padella» si affrettò a replicare Antonio Maria, che servì in tavola, con rapidità.

«Ah, volevo ben dire» commentò sua moglie, che comunque non aveva finito la sua relazione.

«Il marito della vittima è disperato, è un rinomato universitario, dovreste vedere le foto della coppia in casa: una coppia modello, ma io alle coppie modello non ci credo. Solo che la signora fa parte di una famiglia nota, sono arrivati giornalisti a decine, vedrete domattina, su tutte le prime pagine, la foto della signora in bikini in Sardegna, sembra fatta apposta. *Orrore nella città che conta. Non siamo più sicuri neanche a casa nostra*... E il fatto che una bella donna muoia a coltellate non se lo perde nessuno... roba da pazzi... *una bellissima donna, felice e solare*... ma io in questa faccenda non ci vedo chiaro. Una banda di slavi? Quando non si sa che ca... che diavolo dire ci sono sempre di mezzo gli slavi. Ma gli slavi non sono mica scemi... a me il tutto pare una bella messa in scena, eseguita neanche troppo bene. Ma vi pare possibile che dei rapinatori da quattro soldi prendano una signora a coltellate per rubarle un paio di migliaia di euro in tutto? Che vantaggio ne hanno? Voi direte, magari lei li ha riconosciuti, li conosceva, chissà, dato il suo mestiere, potevano essere suoi clienti, oppure li aveva visti in tribunale, in questura, tutto era possibile. Ma ventitré sono decisamente troppe... Uhmm, questo fegato è un po' stopposo, non è che l'hai cotto troppo?».

La cena volgeva al termine e a Maria Antonietta era passata la voglia di raccontare. Sembrava riflettere per conto suo, gli altri due non si azzardarono a continuare la conversazione. Poi tornò sul concreto.

«Ah, Gianni, ti volevo informare che da domani non sei più di servizio notturno in questa casa, ti ho sostituito con un novellino che viene dalla Sardegna».

«Come, così, da un giorno all'altro?».

Ci era rimasto male, non tanto perché doveva sospendere le prestazioni erotiche, quanto per la questione delle punture.

«Non te la devi prendere, sai, la cosa non è in alcun modo un rilievo alla qualità del tuo servizio, è che questo agente qui non lo conosce nessuno, e abbiamo in mente per lui un lavoro sotto copertura. Quindi è meglio che non lo si veda in giro».

«E per le iniezioni come faccio? Ormai ho preso un impegno».

«Vabbè, nulla ti impedisce di passare dal tuo paziente ogni mattina, è una questione di un attimo, e comunque gli ordini non si discutono».

La sera Antonio Maria sentì una sola volta echeggiare il «Vola via tempesta... non turbar molesta...». Evidentemente qualcosa si era rotto. Ma a lui di questo non è che importasse molto. Lui tremava per la faccenda delle telefonate, ed anche per quella del bigliettino.

6

La mattina seguente Maria Antonietta uscì molto presto, Antonio Maria si ritrovò a colazione con Gianni, il clima era un po' mesto. Era l'ultima colazione che facevano insieme.

«Sa, in fondo io a lei mi ci ero affezionato, e l'ultima puntura che mi ha fatto era proprio la migliore».

«Anche a me dispiacerà di non tornare più qua, veda, a parte l'imbarazzo della situazione, ma lei sa che non è colpa mia, io eseguo soltanto degli ordini, lei cucina proprio bene, mi mancheranno i suoi manicaretti, e si rimetta in sesto, segua le cure, vedrà che alla lunga funzioneranno».

«Beh, tanti auguri per la carriera».

«Anche a lei».

«Ma tornerà a fare le punture all'inquilino del piano quattro?».

«Mah, guardi, sinceramente non penso, mi hanno rimandato alla Stradale, non credo di avere il tempo».

«Eh, mi dispiace, dopo tutto il lavoro che abbiamo fatto insieme... quanta energia sprecata...».

Dopo colazione Gianni se ne andò, tutto finisce, Antonio, mentre rassettava, si dedicò a pensieri malinconici.

Nella vita si fanno degli errori, su questo non ci piove. Gli errori si pagano, e anche su questo non ci piove. Ma non avrebbe mai pensato che si pagassero così tanto.

Prima di tutto, si può considerare un errore il non riuscire a stare dietro ai ritmi sessuali di una moglie? Che colpa ne ho io, pensava Antonio, che pure veniva da una cultura in cui il maschio ha dei doveri e li deve rispettare, pena l'accusa e la vergogna, di «non farcela».

C'era stato un primo momento in cui Antonio Maria aveva cominciato a dare segni di cedimento, Maria Antonietta era sinceramente preoccupata. Ho mal di testa, diceva lui, mi scoppiano le tempie, mi sento vuoto, e cose del genere. La moglie gli preparava dei ricostituenti a base di uova sbattute, ananas e vitamine.

«C'è qualcosa che non va sul lavoro? Hai dei problemi? Devi dirmelo, io sono qui per questo».

Principalmente c'era la questione del figlio, il figlio che non arrivava. Dopo qualche anno di ménage la cosa era divenuta insopportabile, per i coniugi. Sia perché entrambi lo desideravano, sia perché, per Antonio Maria, la cosa avrebbe potuto portare dei vantaggi, almeno temporanei. Se Maria fosse rimasta incinta le sue esigenze amatoriali sarebbero rimaste le stesse? Oppure, probabilmente e beneauguratamente, per proteggere la gravidanza avrebbe necessariamente ridotto le sue pretese?

La ricerca del figlio aveva portato Maria Antonietta a intensificare le sue richieste: aveva preso informazioni su come farlo in caso si desiderasse di rimanere incinta, a quale ora del giorno, in quale posizione, con quale frequenza. Antonio Maria non ne poteva più, sua moglie diventava sempre più irascibile e intrattabile. Se la prendeva col marito, accusandolo di non volerlo, questo figlio, sotto sotto.

Fecero tutto il possibile, ma poi venne il momento in cui si misero in mano a dei medici. Secondo questi...

Ma a che vale ricostruire tutto ciò, pensava Antonio Maria mentre ripuliva le puntarelle. Quello che è stato è stato, non era colpa di nessuno.

Invece l'errore, il vero errore, che viene dalla parola errare, fu Francesca. Niente di trascendentale, soltanto un'impiegata della sartoria, una ragazza sui vent'anni coi capelli rossi, della quale Antonio Maria non propriamente si invaghì, ma si prese cura.

Lei pareva riconoscere in modo eccessivo, cioè adeguato, l'autorità del padrone. Lui in quel periodo, amareggiato e depauperato dal modo punitivo col quale lo trattava Maria Antonietta, non vedeva l'ora che una giovane femmina gli dimostrasse una tale devozione e ingenua fiducia.

E così accadde che...

Quello che piaceva ad Antonio Maria di Francesca era che una bottarella, neanche fisicamente troppo impegnativa, sembrava soddisfarla per sempre, come fosse chissà che, lui era esterrefatto, ma beato. Ah, non sono tutte come Maria, alcune si accontentano di molto meno. Beh, sì, Antonio Maria non è che non ne fosse consapevole, c'era il fattore autorità, il rapporto col datore di lavoro. Poteva forse Francesca lamentarsi?

Certo che no, ma fosse come fosse, anche solo per questo squallido particolare, a lui la cosa andava benissimo e così fra loro ci fu una relazione di circa sei mesi, per un totale di diciannove rapporti sessuali, ciascuno ammontava a una seduta, vale a dire un colpo, eseguito nel laboratorio sartoriale fra le diciannove e le venti.

Ma Maria Antonietta non a caso era un commissario di polizia, non le ci volle molto a scoprire la piccola tresca. Ah, lurida carogna, e poi mi vieni a parlare dei tuoi malesseri, mi dici che non ti senti bene, eh? Eppure per quella piccola infingarda il tempo e l'energia per «donare» lo trovi, e a me riservi le briciole... Dov'è l'Antonio Maria che conoscevo? O almeno quello che mi ero sognata? È vero, è anche colpa mia, mi ero immaginata che tu fossi diverso, che tu mi amassi, che tu mi dessi tutto di te. Ma a parte che bisogna vedere quanto in assoluto uno ha da dare, tu, lurido sporco verme, quello che hai da dare lo regali all'impiegatuccia, che ti fa sentire un principe e che ti lustra anche le scarpe, all'occorrenza. Ma io no, io le scarpe non te le lustro, porco maiale schifoso e traditore. Io te la faccio pagare cara.

Fu in quell'occasione che nacque il format della punizione, la cosiddetta «cella di rigore». Antonio Maria si sentiva così in colpa, e così a rischio, che accettò, anche solo per dimostrare il suo rimorso. Fu un'esperienza drammatica e durissima.

La cella di rigore era una piccola stanza ripostiglio di due metri per uno e mezzo. Priva di finestre, in passato era un guardaroba che conteneva la lavatrice, i materiali per le pulizie e un asse da stiro, che era sempre lì, sulla parete lunga, all'altezza di circa 80 centimetri, largo 50. Era stato pensato per la serva, per stirare c'era tutto lo spazio necessario. Adesso la lavatrice non c'era più, era stata spostata in bagno.

Dato che Antonio Maria avrebbe dovuto passare qualche ora o giorno in quella stanzetta, era previsto che dormisse sull'asse da stiro, lungo circa 180 cm, parzialmente imbottito. C'era anche un microscopico lavabo, dove poteva lavarsi sommariamente, volendo anche farci i suoi bisogni, nonostante la stanza fosse dotata di un vaso da notte. L'arredamento era completato da uno sgabello e dal cesto dei panni sporchi, un paio di secchi, la scopa e lo spazzolone, e alcuni recipienti di Moplen per i panni asciutti da stirare. Il tutto sotto l'asse da stiro.

C'era luce elettrica, acqua corrente, servizi, che cosa voleva di più? Non c'era l'aeratore, se non una piccola presa d'aria a forma circolare, protetta da una grata di plastica.

Il soffitto era alto circa due metri. C'era anche l'immagine della Madonna.

Tutto sommato non era una costrizione impossibile da sopportare, se non fosse stato che Antonio Maria soffriva di claustrofobia, e che in fondo non doveva scontare alcuna pena di reclusione, né di rigore né normale.

Forse per capire l'avversione di Tonino per tale stanzino occorrerebbe risalire alla sua infanzia, e alla punizione più severa alla quale ogni tanto veniva sottoposto, quando ce n'era la ragione. Ma tutto ciò esula dagli scopi di questo testo.

Semmai c'è da menzionare il fatto che nello stanzino c'era una cassa, per ascoltare selezioni musicali. Si trattava di una richiesta esplicita che aveva fatto la serva, Michela, proveniente dalla Sardegna. Lei era disposta a stirare in quella prigione a patto che ci fosse la musica.

L'apparato vero e proprio, niente di più che un mangianastri, si trovava fuori, e da dentro non si poteva bloccarlo o abbassare il volume. Il volume del resto non era neanche tanto alto, ma la diffusione era continua e ininterrotta.

La prima volta che Maria Antonietta chiuse Antonio Maria nella cella di rigore attivò la diffusione musicale, utilizzando una cassetta appartenuta a Michela: Donatella Rettore, Loretta Goggi e Biagio Antonacci. Neanche i servizi segreti della Russia sovietica avrebbero saputo fare di meglio.

Quando Antonio Maria fece ritorno all'atelier, dopo aver passato tre giorni in cella, i dipendenti si chiedevano cosa gli fosse successo, sembrava Ulrike Meinhof dopo che aveva subito la lobotomia.

In effetti, proprio dopo esser passato per la cosiddetta cella di rigore, cominciò a mostrare veri segni di malessere e di profondo disagio. Non è dato sapere se la sua malattia fosse già latente, un retaggio genetico, oppure fosse stata prodotta dal suo senso di colpa e di inadeguatezza, sta di fatto che lui iniziò a mostrare disturbi evidenti e crescenti, difficili a interpretarsi, anche da parte del medico di famiglia.

Antonio Maria cominciò a percepire degli sbandamenti, come se gli girasse la testa, anzi la testa gli girava proprio, e non capiva perché. Il dottore inizialmente optò per anomalie nella pressione sanguigna, ma il paziente non mostrava valori stravaganti, oscillava fra i 140-135 di massima e i 90-85 di minima, il che, per un uomo della sua età, non era niente di speciale. Il dottore era un amico d'infanzia di Antonio Maria. «Ti do una pasticca di beta-bloccanti, ne prendi mezza la mattina, giusto per vedere se è sufficiente; se ti dà qualche problema, devo dirtelo, sulla potenza sessuale, fammelo sapere, che magari cambiamo o aggiustiamo».

«Sulla potenza sessuale? Che cosa intendi dire?».

«Eh, i beta-bloccanti possono causare qualche problema, si tratta poi di aggiustare la dose».

«Ma tu sei pazzo?».

Il trattamento coi beta-bloccanti non migliorò la situazione. «Facciamo gli esami del sangue, potrebbe trattarsi di un'ipoglicemia reattiva».

Le analisi risultarono negative, eppure, ogni giorno di più, Antonio provava sintomi che andavano dalla sensazione soggettiva di disequilibrio, agli sbandamenti, all'emicrania, al senso di assenza e all'astenia.

Si sottopose a esami di tutti i tipi, quello audiometrico e delle strutture vestibolari, l'ecodoppler delle carotidi, la curva glicemica e addirittura una angioscintigrafia.

Non venne fuori niente ma Antonio Maria si sentiva sempre peggio. Il che produceva un effetto repulsivo in Maria Antonietta che, pur preoccupandosi per la salute del marito, aveva preso a considerarlo un oggetto inutile o quantomeno difettoso.

Questo atteggiamento, evidentemente difficile da nascondere, aumentò la gravità dei sintomi di Antonio, che alla fine dovette sottoporsi a trattamenti per una depressione grave. La sua consapevolezza, confermata dalla diagnosi, moltiplicò la gravità della sintomatologia: non si reggeva più in piedi, distonia, acufene, abbassamento dell'udito e della vista, e altri mille sintomi.

Il dottore poteva dire quello che voleva ma lui stava malissimo, tanto che a un certo punto andò al Pronto Soccorso. Accusava sudorazioni fredde improvvise, dolori alla schiena e al costato, che fosse il cuore? All'ospedale, dopo alcune sommarie analisi, mostrarono di non prenderlo molto sul serio, e questo non fece che acuire la sua convinzione di essere vicino alla morte.

«Ma ditemelo, ditemelo, se ho un tumore al cervello ditemelo, perché mi nascondete la verità?».

Subì altre analisi ed esami più approfonditi, risonanze magnetiche praticamente in ogni parte del corpo, ecografie, esami ematici, dai quali non risultò niente di particolare.

Eppure lui si sentiva mezzo morto e non riusciva più a svolgere alcuna attività, sviluppò ogni possibile paranoia.

Maria Antonietta cercava di convincerlo ad uscire, che non c'era nessun pericolo, c'era lei a proteggerlo.

Ma un giorno Antonio Maria vide la morte in faccia; lo stato di crisi definitivo, forse senza ritorno, si instaurò dopo l'episodio del posteggio.

Il fatto avvenne quando stava tornando a casa in macchina, dopo una breve visita all'atelier, cercava dove parcheggiare. La cosa normalmente lo rendeva nervoso, però voleva restare calmo, aveva tutto il tempo a disposizione. Procedeva lentamente, quando vide una Smart in seconda fila. Davanti alla Smart c'erano tre signore sui quaranta, ben vestite, che parlavano animatamente fra di loro. Litigavano? No, se la ridevano.

Antonio Maria si accorse che pur essendo la Smart in seconda fila, lungo il marciapiede c'era un posto libero, vale a dire la macchina impediva l'accesso a un posteggio ampio e comodo.

Chiese gentilmente se la macchina appartenesse alle tre signore.

Una gli rispose vagamente con un accenno, continuando a parlare.

A questo punto Antonio Maria, al quale peraltro suonavano da dietro perché si desse una mossa, chiese alla proprietaria dell'utilitaria se sarebbe stata così gentile da spostarla, così che lui potesse avere accesso al posto macchina. Non si può dire che ci fosse ironia nel suo modo di esprimersi. Cioè, non era dimostrabile. Lui disse: «Sarebbe così gentile da spostare la macchina, che così io posteggio?». Parole testuali. L'ironia poteva esserci, come anche non esserci.

Le signore comunque non badarono troppo a questi dettagli, si limitarono a rispondere che la macchina stava bene dove stava, e che si levasse dai coglioni perché bloccava il traffico.

Ah, sarei io a bloccare il traffico, grandissime stronze, e voi perché non togliete dalle palle questa cazzo di macchinetta? pensò Antonio Maria. Pensò, si limitò a pensarlo, non lo disse.

Disse però che quello non era senso civico, e neanche educazione, e dove siamo, è questo il modo? Insomma si irritò. Mise la macchina in seconda fila proprio davanti alla Smartina e scese.

Non aveva nessuna intenzione di passare alle maniere forti, ma le tre signore pensarono che ce l'avesse. Cominciarono a litigare verbalmente. La cosa singolare è che lui dava loro rigorosamente del lei, mentre loro gli davano del tu.

«Guarda, stronzo, levati dai coglioni, perché se no io non so come va a finire!».

«Signora, che modi sono questi, non le permetto!».

«Cos'è che fai tu? Non mi permetti? Ma vai a farti una sega da un'altra parte, e non importunare tre donne che si stanno tranquillamente facendo i fatti propri».

«Ritiri immediatamente quella parolaccia che mi ha detto!».

«Io non ritiro un cazzo, pezzo di stronzo, e se continui guarda che chiamo gente, pezzo di merda!».

Antonio Maria stava perdendo il controllo.

«Stronza sarà lei, cara signora, e guardi che se continua su questo tono chiamo la Municipale!».

«Chi chiami te? Vedi di toglierti dai coglioni, prima che sia troppo tardi».

I toni si facevano aspri.

«Siamo alle minacce? Adesso sì che chiamo i vigili!».

Volarono insulti ancora più pesanti.

«Chiama quella zoccola di tua madre, merda impotente!» gli gridò quella delle tre che sembrava più elegante e matura.

«Se non te ne vai chiamiamo gente. Ma con uno stronzo come te non ce n'è bisogno. Vaffanculo, e fallo presto, se no ti rompo la faccia!».

Quando si accorse che quelle tre lo volevano malmenare Antonio Maria ebbe un'espressione del tutto infelice, disse una cosa che non avrebbe mai dovuto dire:

«Togliete quella macchina di lì, brutte puttane. E poi voi non lo sapete, ma conosco gente molto in alto. Mia moglie! Lo sapete chi è mia moglie? È un alto ufficiale di polizia, basta una telefonata e quella vi sbatte tutte dentro, vi toglie la patente per un anno, anzi a vita, così vi passa la voglia di fare prepotenze!».

Non avrebbe proprio dovuto dirlo. Naturalmente non aveva nessuna intenzione di telefonare a sua moglie, figuriamoci. Quella si sarebbe incazzata come una iena, e la patente se mai l'avrebbe tolta a lui. Lo aveva detto così, per fare la voce grossa.

Ma quelle non l'avevano presa bene.

«Ah, vuoi chiamare quella troia di tua moglie?».

«E chiamala su! Che aspetti, pezzo di merda?».

Su quest'ultimo insulto una borsa femminile pesantissima, sembrava contenere un ferro da stiro, cadde sulla testa di Antonio Maria.

Lui precipitò a terra, terrorizzato, confuso, si rialzò sgomitando istericamente, per farsi largo e fuggire. Prese una delle tre su una tempia, e questa si mise a strillare forte.

Si avvicinava gente. Le tre volevano linciarlo, urlavano che erano state aggredite da quell'uomo, che vantava diritti maschili sul posto macchina e le voleva mandare via. Lo colpirono con pugni e calci, lui si accasciò di nuovo a terra, cercando di farsi scudo con le braccia. Altre persone, un paio di ragazzi gli saltarono addosso, cercando di immobilizzarlo, nel frattempo gli assestavano qualche calcio nel costato.

Lui entrò in una crisi devastante. Urlava, strabuzzava gli occhi, tremava, si agitava, cercava di mulinare colpi, le persone che tentavano di tenerlo fermo adesso erano cinque, ma avevano le loro difficoltà. La proprietaria della Smart lo colpiva con i tacchi a spillo, sullo stomaco. Le altre chiedevano aiuto, finalmente fu chiamata veramente la polizia.

Quando questa arrivò Antonio Maria aveva perso i sensi, improvvisamente tutta la sua forza di reazione si era spenta, e lui si manteneva accasciato al suolo.

La gente assiepata nei dintorni si era presa paura, era bianco come un morto, sussultava come se avesse una crisi epilettica o il tetano.

Venne portato in ospedale, Maria Antonietta fu da lui in poco più di un'ora.

Era preoccupatissima e imbarazzatissima.

Per giunta la cosa sarebbe finita sui giornali! Quali provvedimenti prendere?

Il paziente fu visitato dal professor Trentin che emise una diagnosi di patologia fobica grave.

Riassumendo, questo malanno, parzialmente sedato da alcune pasticche di antidepressivi di nuova generazione, era diventato il suo «grande male», espressione che non ha nulla a che vedere con l'epilessia.

Antonio Maria da quel momento in poi rimase confinato in casa, non poteva sopportare alcuna sollecitazione esterna, era, secondo lui e secondo tutti, gravemente malato, ed aveva bisogno di assistenza continua.

Abbandonò l'atelier, non aveva la forza di seguirlo, non usciva più, terrorizzato da quello che sarebbe potuto succedere, qualsiasi cosa, anche incontrare un cane che abbaia o qualcuno che chiede la carità.

Tuttavia questa condizione di malattia conclamata aveva anche i suoi aspetti positivi. Maria Antonietta non gli richiedeva più alcun tipo di prestazione, e anzi lo compativa, poveraccia anche lei, chi l'avrebbe mai detto di trovarsi un marito malato, così gravemente e forse per sempre. Lei che era nel fiore dei suoi quarant'anni.

Con tutte le sue forze sperava che il marito si riprendesse, ma ormai la faccenda sembrava cronicizzata, lui passava tutte le sue giornate a casa, senza fare niente, se non autoauscultare il suo malessere.

Maria Antonietta dovette anche occuparsi della cessione dell'atelier, che riuscì a vendere a una ditta concorrente. Non fece l'affarone ma neanche furono pochi i soldi che riuscì a ricavarne, in base alla delega che il marito le aveva, esausto, firmato. Quei soldi li mise da parte, onestamente, per il futuro del marito, che non prometteva niente di buono. Un marito che passava tutto il suo tempo in completa clausura, rifiutandosi categoricamente di mettere il naso fuori casa.

Solo lì dentro riusciva ad evitare le crisi, e nonostante dichiarasse costantemente di vedersi la morte vicina e di sentirsi malissimo mostrò una certa intenzione di rendersi utile, a cominciare dai lavori domestici. Prese a occuparsi della cucina, della preparazione della cena, delle pulizie di casa. Fu allora che cominciò a svolgere nella sua stanza, perché ormai da un bel po' i due coniugi non dormivano assieme, i suoi piccoli lavori di sartoria, procuratigli da Maria Antonietta, che era rimasta d'accordo in questo senso con coloro che avevano rilevato l'atelier. Le riparazioni erano remunerate in modo ridicolmente basso, ma questo non era importante. Ciò che contava era che le giornate di Antonio avessero un senso, anche piccolo. E così nella sua stanza fu organizzato un piccolo laboratorio, con un tavolo da sarto, macchina da cucire, e tutto l'occorrente.

C'è da aggiungere che in una certa fase la situazione parve stabilizzarsi, forse si poteva sperare in qualche miglioramento. A Maria Antonietta era stato detto che suo marito rischiava di chiudersi in se stesso sempre di più e che non gli avrebbe fatto male cercare di aprirsi un po' verso l'esterno, andare al cinema o a teatro, cercare di capire che il mondo è pieno di stimoli e di cose da vedere. Al commissario erano stati offerti in omaggio dei biglietti per uno spettacolo teatrale, una prima. Riuscì a convincere il marito, che, imbottito di tranquillanti, fu trascinato allo spettacolo. Antonio Maria per tutto il primo atto si comportò bene, ma nel secondo non ce la fece più, fu colto da una crisi, e, per la prima volta, manifestò dei comportamenti aggressivi. Si alzò dal suo posto e tentò di salire sul palcoscenico.

Paradossalmente nessuno cercò di impedirgli di farlo. Erano tempi in cui a teatro succedeva di tutto, il fatto che il pubblico diventasse protagonista era all'ordine del giorno. Così furono in molti a pensare che la improvvisata di Antonio Maria facesse parte del copione, o almeno che fosse una situazione auspicata e gradita. Il problema grave cominciò quando lui cercò di dare un morso a un'attrice. Insomma, una situazione terribile, e imbarazzantissima per il commissario.

Da quel momento si decise che le esperienze fuori di casa non erano auspicabili, almeno per il momento, erano sollecitazioni troppo forti.

Ancora una volta gli furono cambiati i farmaci e si passò a sostanze psicotrope di maggiore potenza. Maria Antonietta entrò nel ruolo della vittima, la moglie che deve badare a un uomo così compromesso. Non tentò più di portare fuori casa Antonio Maria e ci mise una pietra sopra.

Negli anni seguenti Antonio Maria non mise più piede fuori dell'appartamento, continuando a occuparsi, quando ne era in grado, degli affari domestici.

Su alcuni aspetti della loro convivenza Maria Antonietta fu chiarissima. A partire da quelli sessuali. Fino al momento in cui lui non sarebbe guarito – ma sarebbe mai guarito? – lei si riteneva una single, e quindi libera di disporre del suo tempo e delle sue esigenze erotiche. Premurosa, fece anche firmare un foglio al marito, nel quale si precisavano i termini della situazione. Insomma Antonio Maria dava piena autorizzazione a sua moglie di avere rapporti, anche su base giornaliera, con altri uomini, cosa che nel corso degli anni successivi finì, come sappiamo, per svolgersi sotto il tetto coniugale.

D'altronde lei lo aveva sempre sostenuto esplicitamente: se io non faccio l'amore tutte le sere mi viene un mal di testa feroce, e la mattina sono intrattabile...

Antonio aveva accettato la situazione. Certamente non gli faceva piacere ascoltare nell'immediato dopocena o nel cuore della notte: «Vola via tempesta, non turbar molesta...», ma ormai lui che voce in capitolo aveva? Era talmente terrorizzato dalla realtà esterna che preferiva una simile routine, in fondo passava tutta la giornata, dalle nove di mattina quando Maria Antonietta usciva di casa, fino alle sei, sette di sera, quando lei tornava, da solo, senza contatti col mondo, che non desiderava e che gli facevano paura. Trascorreva molto tempo a guardare la televisione.

Ogni tanto commetteva qualche errore, che scombinava il difficile equilibrio con la moglie. Lei lo metteva in punizione, nella cosiddetta cella di rigore, per qualche ora o più, lui si pentiva e lei lo perdonava.

Ormai da anni le cose funzionavano così.

7

Quel pomeriggio Antonio Maria era seduto davanti alla TV, guardava il suo programma preferito, i cartoni animati. Li adorava e soprattutto di un certo personaggio conosceva ogni puntata a memoria, il che aumentava il suo godimento, perché sapeva perfettamente che fine avrebbe fatto il poveraccio quando indossava i pattini a razzi o dipingeva una galleria sulla montagna. Alla fine del cartone spense la televisione, restando seduto in poltrona, a riflettere.

In effetti negli ultimi tempi qualcosa era cambiato, e la scaturigine forse era stato proprio un programma televisivo. Qualche mese prima Antonio Maria stava guardando un talk show pomeridiano sul tema dei «manipolatori». Alcune ospiti raccontavano delle proprie storie di manipolazione, generalmente da parte del marito o del compagno. I loro volti erano mascherati però lui si immaginava che chi le conosceva le avrebbe riconosciute facilmente, e magari si sarebbe vendicato. Quello che lo stupì fu un'esperta, una psicologa o qualcosa del genere, che elencò alcune caratteristiche del manipolatore: questo colpevolizza gli altri in nome del legame familiare, di un presunto amore incondizionato, degli sforzi che fa, non compresi; cambia continuamente opinione, atteggiamento, indole a seconda delle persone che ha di fronte; mette in dubbio le qualità, la competenza, le capacità degli altri: critica, irride, umilia e giudica; è capace di fare la vittima per farsi commiserare; minaccia in modo velato o ricatta apertamente; cambia improvvisamente discorso; scommette sull'ignoranza degli altri e fa credere alla propria superiorità; non sopporta le critiche e nega le evidenze; produce un senso di disagio e di mancanza di libertà; è efficiente per raggiungere i propri obiettivi a spese altrui...

Ma come è possibile, aveva sussultato Antonio Maria, sembra il ritratto di Maria Antonietta! Potrebbe darsi che il problema non sia esclusivamente la mia salute!

Da allora Antonio aveva cominciato a pensare che forse erano quegli stessi farmaci che prendeva, che gli imponeva LEI, a ridurlo in uno stato di passività e abulia.

Quindi, pur nel terrore di fare qualcosa di sbagliato e di andare incontro a nuove crisi, aveva provato a ridurne, per scelta autonoma, gradualissimamente, le dosi. Non è che la cosa non producesse in lui alcuna inquietudine. E se adesso mi sento peggio? Per un giorno prendeva mezza pasticca, nell'attesa di reazioni infauste. Ma quali saranno gli effetti imputabili alla mia paura, e quali quelli imputabili alla dose inferiore? Per un certo periodo ci fu un'oscillazione caotica nei dosaggi dei farmaci, il che fra l'altro avrebbe potuto mettere in difficoltà i terapeuti, e che riduceva Antonio Maria in uno stato di prostrazione ulteriore.

Comunque, piano piano, trovò i suoi assestamenti: le pasticche avanzate le nascondeva in un posto segreto, per l'amor del cielo che Maria Antonietta non se ne accorgesse.

Il suo stato d'animo non peggiorò, non ebbe altre crisi e anzi in qualche modo si sentiva un po' più energico. Nel suo parziale risveglio la sua situazione adesso gli pareva insopportabile. I farmaci non sono una protezione, sono una prigionia, si era detto una mattina di inusitata lucidità.

In effetti in lui erano cominciati a insorgere dei nuovi barlumi di coscienza, un'insofferenza pericolosa, un'ipotesi di espressioni che negli ultimi anni non gli sarebbero mai venute in mente, eresie, come per esempio «non ne posso più» oppure «le cose non possono andare avanti così». Ripensava alla trasmissione TV. Il primo passo che deve fare il manipolato è quello di rendersene conto, e di capire che la situazione deve cambiare.

Azzardava pensieri assurdi: e se fossi sulla via della guarigione? Tale ipotesi lo terrorizzava perché se fosse stata infondata lui sarebbe andato incontro a sofferenze ancora peggiori. Ma se invece stessi veramente per guarire?

Ripensando a quelle assurde speculazioni, e agli altrettanto assurdi SOS che aveva lanciato, Antonio Maria ebbe una fitta, realizzando che era ora di preparare la cena. Avesse potuto anche lui dipingere una galleria sul muro, entrarci dentro e fuggire. Già, fuggire, ma cosa fa un fuggiasco? Gli venne in mente una delle innumerevoli vicende poliziesche che capitavano per lavoro alla sua consorte: il caso di quel tipo che era evaso dal carcere, quello che lei aveva fatto confessare, non si sa come, e che era stato condannato a una ventina d'anni per aver ucciso un gioielliere.

Ma che fa un evaso, e soprattutto, una volta che è fuori, come si comporta? Come fa a campare, a ricostruirsi una vita? A chi chiede aiuto, ai suoi sodali? Alla sua amante? Ai suoi vecchi complici? No, lo prenderebbero subito. Quindi deve organizzarsi in modo diverso. Chissà se quel Costa Santuzzo aveva dei soldi da parte, magari nascosti in un luogo segreto. Probabilmente non aveva niente di niente, e si arrangiava alla giornata. Scippi? Piccole rapine? Furtarelli?

Resterà per sempre un fuggiasco, e dovrà compiere, per forza di cose, altri gesti criminosi, pensava Antonio Maria, mentre si muoveva in direzione della cucina. Potrà cambiare identità, potrà fare in modo che nessuno lo riconosca mai più, per esempio con una plastica facciale o altri travestimenti. Magari ha un parente in Canada, a quanto si vede nei film una volta che arrivi in Canada sei a posto, nessuno ti chiede niente e trovi anche un lavoro, volendo.

Continuò a pensarci anche mentre preparava i petti di pollo al vino con piselli. Non aveva il coraggio di ammetterlo a se stesso, ma non stava pensando a quell'evaso là, il signor Costa Santuzzo. Pensava a qualcun altro.

8

La sera Maria Antonietta arrivò con la sua nuova guardia del corpo, il giovane agente Sciarra. Si svolsero le presentazioni formali e subito ci si sedette per la cena.

L'agente Sciarra era un po' intimidito, la tavola era preparata in perfetto stile, si mangiava con le posate d'argento – era un regalo matrimoniale e Maria aveva sempre pensato: visto che le abbiamo usiamole no? Mica solo il giorno della festa –, a Sciarra non era mai capitato in vita sua.

In parte la situazione gli era stata spiegata: mio marito è molto malato, non esce mai di casa. Guai se lo facesse!

Antonio traguardava quel giovinotto, peraltro un bel ragazzo bruno. Sommessamente, ma fra sé e sé, lo compativa.

«Buonissimi questi spaghetti alla gricia, Pupo, hai superato te stesso».

L'agente Sciarra mangiava di gusto, si era già servito due volte, non aveva pensato a questo tipo di vantaggio del suo nuovo incarico. Antonio Maria però non si sentiva affatto tranquillo, per il tono col quale la moglie gli aveva fatto il complimento.

Si capiva che Maria Antonietta aveva qualche questione di lavoro che le turbinava nella mente, infatti attaccò:

«Ah, questi pensano di avere a che fare con degli imbecilli!».

Guardava nel vuoto, parlava con Sciarra e con un imprecisato pubblico che si presumeva dovesse starla a sentire, ma che era assente, a parte Antonio Maria che per la testa aveva tutt'altro.

«Un caso di quelli di cui i giornali e le TV vanno ghiotti. Veramente buona questa gricia, veramente fatta bene. Sciarra, ne vuoi ancora?».

«Volentieri, grazie».

«Insomma la faccenda è questa: un omicidio-suicidio. Li hanno ritrovati qualche giorno fa. Un signore di settantun anni, in perfetta forma, faceva anche le gare ciclistiche categoria gentlemen o qualcosa del genere, di punto in bianco uccide la moglie con una iniezione di barbiturici e poi si spara in testa. Lascia un biglietto che dice: "Nn ce la facciamo più, la vita è un peso insopportabile". E sapete dove lo lascia il messaggio? Sulla sua pagina di Facebook. Sì, era un settantunenne al passo coi tempi, con Facebook era piuttosto dimestico, soprattutto a proposito di ciclismo amatoriale, nulla di strano da questo punto di vista, ma perché "Nn ce la facciamo più"? Che era successo a lui e a sua moglie? Qualcosa è venuto fuori, in effetti la moglie assumeva certi psicofarmaci, soprattutto perché aveva problemi di sonno. Ma nessuno dei due era gravemente malato, non erano in difficoltà economiche, non dovevano cifre a cravattari, niente. Avevano un figlio unico, in piena salute, anche finanziaria, che vedevano regolarmente, una volta alla settimana. A prima vista il figlio non era fonte di preoccupazione, perlomeno di rilevanza tale da perdere la testa. Il figlio è stravolto, anche secondo lui i suoi genitori stavano benissimo, non avevano mai manifestato "intenti autolesionistici". Sì, ha utilizzato esattamente questa espressione. Stiamo lavorando sodo, ho messo i ragazzi a fare ricerche di ogni tipo, perché a me, fin dall'inizio, c'è qualcosa che non mi convince, anche se apparentemente... non c'è niente che faccia pensare che quello che appare non corrisponda alla verità».

Antonio Maria sparecchiò i piatti del primo e portò in tavola il secondo, i petti di pollo al vino con piselli, piselli freschi sgranati, per l'amor del cielo, né surgelati né tantomeno piselli in scatola. Si chiedeva dove Maria Antonietta trovasse tutta quell'energia e quella voglia di andare avanti: se due coniugi decidono di farla finita, perché ricamarci tanto sopra, perché non crederci? Tanto ormai era fatta, non si poteva tornare indietro... avranno avuto i loro motivi. Invece a lei la faccenda puzzava... Tanto da smuovere mari e monti alla ricerca di qualcosa, ma di che?

«Gli esami autoptici sono chiari, la signora è morta per l'iniezione letale, sulla siringa ci sono le impronte del marito e non altre. Inoltre dalla prova con lo stub risulta che il marito ha effettivamente esploso un colpo con la pistola, probabilmente quello indirizzato alla sua testa. Prima di farlo si è imbottito di alcol, ma questo può apparire normale. Ci siamo anche chiesti, forse che lui sapeva qualcosa della salute della moglie che nessun altro sapeva? No, pare non sia così. Dall'autopsia la moglie risultava essere in buona salute, e non è che negli ultimi tempi avesse frequentato ospedali, fatto indagini importanti, avuto chissà quale novità. E allora? E allora cari miei qui bisogna lavorare più a fondo. E nella mia testa c'è qualcosa che mi dice che... non so, un'intuizione... "intenti autolesionistici"? Non male questi petti di pollo, ci hai messo il Marsala?».

Questi complimenti cominciavano a preoccupare fortemente Antonio Maria.

«Ma su cosa sta lavorando, commissario, i due avevano difficoltà economiche?» si azzardò a intervenire Sciarra, e il commissario lo guardò con un'espressione che stava fra la tenerezza e la commiserazione.

«No, caro il mio segugio, per niente, un bel conto in banca, una pensione con i fiocchi, alcuni immobili di proprietà... no, ciccino caro, i problemi li ha qualcun altro, vale a dire...».

Maria Antonietta scosse la testa, come se improvvisamente distratta da un altro pensiero.

«Sciarra, vada in camera che poi le spiego in che cosa consiste esattamente il suo nuovo incarico, adesso devo scambiare due parole con mio marito».

Lo sapevo, lo sapevo, pensò Antonio Maria, che c'era qualcosa che non andava. Sa tutto.

Sciarra restò un po' sorpreso, il resoconto gli sembrava lontano dall'essere giunto al termine, lui stava raschiando gli ultimi cucchiaini di latte alla portoghese. Comunque, senza fare obiezioni, si avviò.

Una volta sola col marito, Maria Antonietta cominciò con tono diverso, calmo, privo di enfasi.

«Antonio Maria, c'è una domanda che devo farti».

«Riguarda la gricia, che ingredienti ho usato?».

«No, non riguarda la gricia».

«Ah...».

«Riguarda un'altra cosa, e precisamente questa cosa qui».

Maria Antonietta estrasse da una tasca del tailleur un foglietto tutto stropicciato.

«Mi sai dire che cosa è questo?».

«Questo cosa?».

Lei sventolò il foglietto davanti agli occhi di Antonio Maria, che lo guardò, lo riconobbe, ed ebbe un brivido. Fece finta di niente.

«Beh, perché me lo chiedi, non ho proprio idea di che cosa si tratti».

«Ah, non ce l'hai...» si accese una sigaretta.

Lui era seduto ma gli si piegarono le gambe lo stesso.

«E perché dovrei avercela?» disse con voce tremante.

Maria Antonietta prese il suo tempo, aspirando profonde boccate.

«Ma tu credi di poterla fare a me, al commissario Salvatores?».

Antonio Maria non disse niente, terrorizzato.

«Allora tu mi verresti a dire che non sai cosa c'è scritto in questo foglietto, che è stato trovato cucito nel taschino interno della giacca del vestito del signor Galufi, che fra l'altro è un cliente di riguardo?».

Lui chiuse gli occhi sperando, come fanno i bambini piccoli, che così facendo il mondo intorno a lui cessasse di esistere.

«Senti cosa c'è scritto: "Per favore, salvatemi... sono recluso... lei mi tiene prigioniero. Salvatemi, ve ne prego". Eccetera eccetera eccetera, è inutile che te lo legga tutto, l'hai scritto tu».

Antonio Maria respirò profondamente, senza dire niente.

«Io non ti capisco, caro, lo sai bene che così mi costringi a prendere dei provvedimenti, è l'unica cosa che posso fare, mi dispiace ma...».

«No, Ietta, ti prego, no!».

«Cercherò di fare in modo che duri il meno possibile, dipende da te, sei tu che mi stai costringendo a farlo».

«No, cara, no, abbi pietà, la cella di rigore no».

«Antonio Maria, lo sai benissimo che mi costa molto applicare il regolamento, ma dei patti che abbiamo stabilito te ne sei scordato? Lo sai che sono su carta, da te firmati e controfirmati, perché fai così, e poi, perché questi toni, queste assurdità? Io ti terrei prigioniero? Io mi occupo di te, io ti dedico la vita, io mi ammazzo di lavoro per te, e questa è la ricompensa? E poi dove credevi di arrivare? Comunque adesso non ne voglio parlare, ci penseremo domattina, adesso non ne ho voglia, sono troppo amareggiata».

«Maria, la cella no...».

«Sei tu che l'hai voluto... Buonanotte».

Antonio, con la morte nel cuore, si mise a sbrigare la tavola, caricò la lavastoviglie e lavò a mano le posate d'argento.

Quando stava preparando la macchinetta del caffè per la mattina successiva arrivò il canto: «Vola via tempesta... non turbar molesta... del piccin la nanna».

9

Seguirono tre giorni di cella di rigore.

Dati i vari problemi di Antonio Maria, oltre alla sua claustrofobia, fu una prova veramente dura. Maria Antonietta aveva ben recepito il punto debole del marito e non si tirava indietro quando si trattava di fargli capire chi portava i pantaloni in casa. Cosa crede, di impietosirmi?

Non sempre ma spesso, durante i periodi di cella di rigore Antonio poteva uscire soltanto per preparare la cena e assolvere i suoi piccoli compiti domestici. Dentro gli era consentito svolgere qualche lavoro di cucito, ma vista l'angustia non era mai stato in grado di fare granché.

Gli era permesso di portarsi un libro, anche se leggere gli era difficile dato che incessantemente, anche di notte, risuonava la cassetta della Rettore. Cercava di rimediare infilandosi dei fazzolettini di carta nelle orecchie, ma quella musica straziante lo faceva impazzire. Il suono, anche se un po' ovattato, lo spingeva a ricostruire la musica nel cervello, e questa si riverberava per tutti i suoi livelli di coscienza.

Sarà stato per la disperazione dovuta alla selezione musicale, sarà stato per la sensazione di panico che provava in un ambiente così ristretto, sarà stato per la paura che aveva di se stesso, di perdere il lume della ragione e di fare errori macroscopici come quelli che lo avevano portato lì dentro, superati i tre giorni di rigore Antonio Maria aveva preso una decisione, indifferibile e sulla quale non poteva assolutamente tornare indietro: ebbene sì, aveva deciso di fuggire.

Quelle lunghe ore erano state più che sufficienti a pensare a ogni possibilità, nel dettaglio: quale sarebbe stata la reazione di Maria Antonietta, prima di tutto. Terribile, evidentemente, LEI avrebbe smosso mari e monti per ritrovarlo, per cui la cosa doveva riuscire, non c'era da prendere neanche in considerazione l'ipotesi che la fuga non andasse a buon fine.

Ah, se solo avessi quegli anelli tipo gerarchi nazisti, quelli col veleno mortale dentro, sarebbe una garanzia. Se LEI mi ritrovasse ingerirei immediatamente la pillola, per non essere vittima di interrogatori e torture.

Sarebbe stata dura, una sfida impossibile, soprattutto date le condizioni di salute del fuggitivo. Ma su quello si era già organizzato da tempo: aveva avuto cura di mettere da parte una buona riserva dei suoi farmaci per ogni emergenza.

Il problema più inquietante era come avrebbe reagito al nuovo contatto col mondo esterno, e qui forse i farmaci potevano essere d'aiuto. Ma dopo? Sarebbe riuscito a raggiungere l'estero e chiedere asilo e protezione? Avrebbe cercato invece di assumere un'altra identità, nascondendosi in qualche località sconosciuta? Ah, era disposto a sottostare a qualsiasi prova e umiliazione, avrebbe trovato un lavoro come sguattero in una taverna di qualche città portuale del Nord Europa, tanto più che in cucina ci sapeva fare. Ma era pronto a tutto, qualsiasi evenienza sarebbe stata migliore della vita che faceva adesso.

Rifugiarsi in una chiesa, in una parrocchia? Chiedere aiuto alle organizzazioni di solidarietà, o, per l'appunto, alle associazioni che si occupano di maltrattamenti? Talvolta sono loro a trovare una residenza segreta per i maltrattati, aveva letto sul giornale.

Adesso, prima della mossa decisiva, si trattava di rigare diritto. Fino al momento ics niente bigliettini, niente mosse sbagliate, niente telefonate, ma mostrare a Maria Antonietta soltanto un sincero pentimento, una totale devozione e riconoscenza.

Nei giorni in cui Antonio Maria scontava la pena sua moglie si era vista poco. Aveva molto da fare in commissariato, erano giorni elettrici, tre casi importanti, tutti fonte di una quantità enorme di rogne, una notte non tornò neanche a casa a dormire. L'agente Sciarra però venne lo stesso, gustò le melanzane alla parmigiana, mentre Antonio si lamentava: «Ma si fa così, senza neanche avvertire?».

Sul finire della cena lui e Sciarra scambiarono quattro chiacchiere, parlarono del più e del meno. L'agente sardo si abbandonò a una descrizione entusiastica dei suoi luoghi d'origine, parlò delle sue aspettative, delle sorprese che aveva trovato alla sua prima nomina.

Antonio, quando gli parve che il ghiaccio si fosse un po' sciolto, si decise: «Agente Sciarra, lei mi deve perdonare, ma le posso chiedere un piacere, è una cosa da nulla, ma sa, a causa della mia malattia non mi è consentito di uscire di casa, e allora...».

«Dica pure, se posso...».

«Mi cambierebbe della moneta in banconote? Non più di una ventina di euro».

Sciarra controllò nel portafoglio, estrasse due biglietti da dieci.

«Ecco qua, volentieri».

Antonio andò in camera. Tornò con due sacchetti pieni di monete da 1, 2 e 5 centesimi.

«Sono esattamente venti euro, ecco qua, se li vuole contare...».

Sciarra ci rimase di sale, però ormai si era reso disponibile, il marito del commissario aveva già ritirato lestamente le banconote.

«No, no, mi fido... Si figuri».

«Mi raccomando però, agente, mi raccomando, non dica a mia moglie che mi ha fatto questo piacere, si arrabbierebbe moltissimo per uso privato di servizio pubblico. Non deve saperlo, mai!».

10

In effetti Antonio Maria disponeva di alcuni risparmi, quasi tutti in monete. Qualche chilo di spiccioli e poche banconote da 5, e tre da 10, che dopo l'intervento di Sciarra erano diventate cinque.

Era riuscito a raccogliere questo gruzzolo nel corso dei mesi: quando poteva rubava dal portafoglio della moglie qualche centesimo o addirittura un euro. Più volte aveva sottratto pezzi da due euro, rimettendo al loro posto pezzi da uno. In alcuni casi si era limitato a cambiare il denaro, così era riuscito a impossessarsi dei pezzi da dieci. Morale, possedeva 175 euro, che teneva nascosti in un borsello anni Settanta, pesantissimo.

Sapeva che in caso fosse riuscito a fuggire 175 euro non lo avrebbero portato molto lontano, ma almeno era qualcosa. E poi, fino a prova contraria, disponeva di un conto in banca. Maria Antonietta non lo aveva mai costretto a firmare una disdetta, una recessione. E a lui, ogni sei mesi, continuavano ad arrivare gli estratti conto, dai quali pareva, ma poteva essere una mossa diversiva della moglie, ci fossero ancora dei soldi, neanche pochissimi. Se fosse riuscito a raggiungere la banca prima che lei lo scoprisse, beh, allora la faccenda poteva cambiare aspetto.

Potrei prendere un treno per... oppure chiedere protezione alla polizia... Alla polizia? No, quello c'era da dimenticarselo. Allora ai carabinieri, sfruttando l'antico dissidio fra le due forze dell'ordine? Ma no, ma no, Maria Antonietta aveva addentellati importanti anche presso l'Arma.

Ormai il momento era arrivato, la situazione, come diceva Mao Tze Tung, era eccellente. Aveva preparato tutto. Per prima cosa lo zainetto, con alcuni ricambi e tutti i suoi pesantissimi spiccioli. Poi le lenzuola, con le quali si sarebbe calato dalla finestra. Aveva studiato tutto nei minimi particolari: loro abitavano al secondo piano. E per calarsi nel giardino sottostante avrebbe avuto bisogno di tre lenzuola attorcigliate e annodate. Magari nell'ultimo metro si sarebbe arrangiato con un salterello. Una volta uscito dal giardinetto, si sarebbe fiondato in banca, almeno un tentativo. E se tutto filava liscio: via, alla stazione, il primo treno per la Francia. Sì, la Francia, e poi...

Alle quattro del pomeriggio si fece il segno della croce e lanciò le lenzuola giù dalla finestra di cucina. Con lo zainetto in spalla cercò di capire come fare a calarsi, non era mica facile. Avrebbe dovuto spenzolarsi nel vuoto e poi abbarbicarsi alla stoffa e scendere giù, ma come? Non ne aveva la più pallida idea. Si mise a cavalcioni del davanzale della finestra e agguantò il lenzuolo, facendo dondolare le gambe. Oddio, così precipiterò a terra. Ma d'altronde... hic Rhodus hic salta, disse a se stesso, e si lasciò calare per un pezzettino. Avrebbe dovuto puntare i piedi contro il muro e scendere lentamente tenendosi alle lenzuola, ma invece filò giù da basso, a gran velocità, nonostante i suoi tentativi di controllare la discesa. Il primo nodo non fu sufficiente a fermare il suo precipitare, solo a rallentarlo, e così avvenne anche per il secondo, tanto che Antonio Maria si ritrovò a terra dopo una scivolata violenta. Il suo pesantissimo zainetto lo trascinò verso il basso di schiena, ma lo salvò dal picchiarla per terra. Gli ci volle qualche minuto per riprendersi, e finalmente si rialzò, cercando di verificare se non ci fosse qualcosa di rotto.

Bene, pare di no, andiamo, non c'è tempo da perdere, cerchiamo l'uscita. Prese a seguire torno torno il muretto, muretto per modo di dire, visto che era alto circa tre metri. Lo seguì fedelmente, ma a un certo punto realizzò di essere tornato al punto di partenza, perché si imbatté nel lenzuolo calato giù dalla sua finestra.

Improvvisamente Antonio Maria si rese conto che era in una corte sigillata, come quelle dove i carcerati passano l'ora d'aria.

Come sarebbe a dire? Il giardino non aveva via d'uscita? In effetti il problema non se l'era mai posto, si era talmente focalizzato sulla questione delle lenzuola...

Come si faceva a entrare in quel giardino, e a uscirne? Ci doveva pur essere un modo, e in effetti ci sarebbe stato: dal locale del piano terra, cui apparteneva il giardinetto stesso. Ma l'appartamento pareva disabitato, e la porta di accesso al retro era protetta da una bella grata metallica, un'inferriata a prova di malintenzionato.

Ah, sono rovinato, sono rovinato, e adesso come faccio? E se LEI mi trova qui? Quante settimane di cella di rigore mi attendono?

Cercò di scalare il muretto, aggrappandosi a un rampicante, ma non riusciva a superare la quota di ottanta centimetri. Guardò il suo orologio da polso. Lei sarebbe potuta rientrare anche di lì a un'ora.

Era disperato.

L'unica possibilità era quella di risalire in casa attaccandosi alle lenzuola.

Ci provò, e aiutandosi con la bocca, prendendo la stoffa a morsi, riuscì soltanto ad arrivare all'altezza del davanzale della finestra del piano terra. E adesso?

In quel momento udì un rumore. Girò la testa, vicino a sé vide un cane di dimensioni medio-grosse che lo guardava incuriosito, senza produrre il minimo rumore. Un cane, qui? E a chi appartiene? E che vuole da me?

Il cagnaccio non abbaiò, non ringhiò. Con decisione si lanciò contro lo sconosciuto e gli azzannò un piede, poi l'altro. Antonio Maria cercò di scalciare per allontanarlo e prese il cane nel muso. A questo punto quello perse la pazienza, latrò brutalmente e si scagliò con più decisione contro il fuggiasco, che per lui era soltanto un pericoloso intruso.

Con un salto arrivò all'altezza della coscia destra dell'intruso, e riuscì a piazzarci un morso.

La paura e il dolore infusero nel fuggitivo un po' di energia in più, e utilizzando la grata metallica come scala, aggrappandosi alle lenzuola, facendo sforzi mostruosi con le gambe e soprattutto con le braccia – d'altronde che forza ci si poteva aspettare che avesse, lui che stava sempre chiuso in casa – riuscì ad arrivare al cornicione del primo piano. Si riposò, per quanto possibile, il cagnaccio era lì sotto che abbaiava e cercava di strappare con le zanne l'ultimo lembo delle lenzuola. A quel punto Antonio, aiutandosi con un urlo prolungato e agghiacciante, lavorando di braccia, tirandosi su con le gambe come si fa per salire una corda, si issò fino al livello della sua finestra, raggiunse il davanzale e si buttò dentro.

Picchiò una formidabile ginocchiata a terra, presto sarebbe comparso un gigantesco livido.

Immediatamente tirò su le lenzuola, le portò in camera sua e le nascose sotto il materasso, dopo averle dipanate, snodate e piegate. Erano piene di lacerazioni, quelle che aveva causato lui stesso e quelle prodotte dal cane, ma era un sarto o no? Le avrebbe riparate, l'importante era che LEI non se ne accorgesse.

Anche i suoi malleoli erano pieni di lacerazioni, e quelle chi le avrebbe rammendate?

A quel punto si verificarono due eventi: da un lato udì la porta che si apriva e Maria Antonietta che entrava, parlando con qualcuno. Dall'altro si rese conto che aveva lasciato lo zainetto con tutti i suoi averi in quel giardinetto-prigione. Ricominciò a sudare freddo, gli presero delle vertigini, degli sbandamenti. Il suo male, dato lo stress, stava facendo il suo prepotente ritorno? E questo nonostante il dolore lancinante alle gambe. Controllò le ferite, due sbrani sui calcagni e quello sulla coscia, e l'ecchimosi sul ginocchio. Prendere un FANS? E se quel cane maledetto gli aveva trasmesso la rabbia?

Maria Antonietta rimase stupita del fatto che suo marito non fosse in cucina a preparare qualcosa da mangiare. Quello se ne stava in camera a non fare niente.

«E la cena? Perché non ti sei messo al lavoro?».

«È che questo pomeriggio non mi sento molto bene, ma adesso preparo subito».

«Lo vedo che non ti senti bene, hai una faccia...».

«Non ti preoccupare... io...».

«Vabbè, facciamo così, vai pure a riposarti, io e Sciarra andiamo in pizzeria, tanto dobbiamo parlare di certe cose di servizio».

Antonio quindi poté restare in camera sua, dedicandosi a riflessioni tortuose e pessimistiche sul suo destino.

Non ce la farò mai, non ce la farò mai, forse è meglio lasciar perdere.

11

Nei giorni successivi Antonio Maria riuscì a sistemare le cose. Maria Antonietta apparentemente non si era accorta di niente. Ma se avesse visto lo zainetto giù nel cortile, o peggio se qualcuno lo avesse riportato chiedendo se fosse caduto dal terrazzo?

Spese ore e ore cercando di recuperarlo. Con un lungo spago, in capo al quale aveva assicurato un gancio, una specie di enorme amo, fatto di fil di ferro ritorto, cercava di pescare lo zaino, agganciandolo per le spalliere o altro. Ci provò un'infinità di volte, sperando che nessuno lo notasse, intento in questa strana attività. C'era andato anche vicino, era riuscito con un lancio curvilineo a fare in modo che, ritirando lo spago, l'amo si conficcasse in una tasca laterale. Era stato capace di sollevare delicatamente lo zainetto, ma era complicato cercare di issarlo su con delicatezza e al tempo stesso con forza, quegli spiccioli pesavano una tonnellata. Poi il gancio cedette, e lo zaino ripiombò al suolo. Quella merda di cane se ne accorse, e non si sa se perché si annoiava o per vendetta, si accanì contro lo zainetto, riuscendo a sbranarlo e distruggerlo in pochi minuti. I contenuti, compresi i denari, si dispersero per il cortile. Il cane si dimostrò indifferente agli spiccioli, puntò alla biancheria.

Così Antonio era ancora più preoccupato, se Maria Antonietta avesse visto quello scempio, che avrebbe pensato, e poi fatto?

Sorprendentemente la mattina dopo giù nel cortile non c'era più niente. Con tutta probabilità gli inquilini del piano terra, che evidentemente esistevano, visto che avevano un cane, e che raramente uscivano dal loro rifugio blindato, avevano ritrovato le canottiere strappate e i soldi. E non si erano fatti premura di domandarsi da che parte arrivassero. 175 euro sono sempre 175 euro, i proprietari avrebbero dovuto starci più attenti.

E ora come faccio, che non ho più un centesimo?

Una sera a cena Maria Antonietta e l'agente Sciarra discutevano delle ultime urgenze di lavoro.

«Ma, mi scusi signor commissario, perché tutto questo sconquasso, perché l'evaso dovrebbe venire a cercare proprio lei? Che cosa gli ha fatto?».

«Ah, caro Sciarra, tu non conosci i miei metodi, sarà bene che te li spieghi. Vedi, tutto sta nell'umiliazione e i maschi fanno cose da pazzi se si sentono umiliati, soprattutto nel loro orgoglio virile. Io quell'uomo, e non è stato il primo né l'ultimo, l'ho messo nudo a sedere. Tu non hai un'idea di come si possa sentire umiliato un uomo se, completamente nudo, viene messo a sedere: io non so perché è così, ma un uomo nudo in piedi non si vergogna più di tanto, magari fa il bullo, se ce ne ha abbastanza non si vergogna di mostrarti il suo pisello, magari ci inventa su anche qualche spacconata. C'è chi tiene le braccia conserte, c'è chi le tiene lungo i fianchi, c'è chi si copre le pudende, non so, è come se fossero pronti a questo. Ma se li metti seduti nudi non sanno come stare, si vergognano, vanno in crisi. Chi lo sa perché, qualche psicologo americano ci avrà fatto i suoi studi, forse nei file segreti dell'FBI ci sono pagine e pagine sull'argomento, ma io l'ho scoperto da sola e la ritengo una mia tecnica personale».

«Ma funziona anche con le donne?» chiese Sciarra, ovviamente.

«Sulle donne non funziona, no, ma sugli uomini sì. E io lo faccio sempre con la solita scusa, controllare la pelle, controllare se ci sono segni di riconoscimento, in particolare i tatuaggi. Ah! Tu dici loro che devi controllare con precisione, e che stiano fermi. E se li lasci seduti, magari gli offri anche un caffè o una sigaretta, ecco, loro non sanno più che cosa fare, perdono la concentrazione, cominciano a sudare, veramente patiscono la situazione, soprattutto perché hanno una donna davanti. Per un'ora o due possono reggere, ma poi cedono. Addirittura ti chiedono se possono alzarsi. No, gli dico io, rimanga seduto. E così ho fatto per il Costa Santuzzo. L'ho tenuto spogliato e seduto per più di ventiquattr'ore, alla fine lui non ne poteva più. Nel corso dell'interrogatorio ho fatto anche delle fotografie, a lui nudo, che fra l'altro ha una bella panza, nient'affatto carina a vedersi, e la panza pelosa gli si appoggia sul pisello, non particolarmente grosso di per sé, e raggrinzito per lo stress, quello è un segno inequivocabile. E un pisello un po' ritirato, le palle mosce, il tutto quasi nascosto dalla panza, sono cose che all'amor proprio di questi criminali non fa benissimo... Inavvertitamente gli ho versato anche dell'acqua fredda sulla pancia, e sul pisello, che si è ritirato ancora di più: altri scatti fotografici. Gli uomini nudi certe volte non hanno idea di quanto siano schifosi, dopo una certa età, s'intende. Ecco, a lui l'idea nel giro di qualche ora gli è venuta.

«Ha detto che avrebbe parlato in cambio delle foto che avevo scattato. Abbiamo fatto un patto, e l'abbiamo rispettato tutti e due. Lui mi ha raccontato di come era andata col cassiere della gioielleria rapinata, io l'ho assicurato di aver cancellato le fotografie, anzi, ho distrutto la macchina fotografica davanti a lui, e gli ho consegnato i rottami.

«Ci pensate, questo ha preferito andare incontro a una ventina d'anni di galera per omicidio premeditato piuttosto che lasciare che io diffondessi le foto del suo pisellino nascosto dalla pancia. Gli uomini sono strani, e per incastrarli bisogna saper sfruttare queste stranezze, non siete d'accordo anche voi?».

Sciarra era colpito e intimorito, per Antonio Maria non c'era molto di nuovo.

«Purtroppo quei coglioni lo hanno fatto evadere, e ci scommetterei che quello si ricorda di me, non me l'ha perdonata. Anche perché, al bisogno, alcune di quelle foto ce l'ho ancora, non sono mica scema. E chissà, magari su qualche social potrebbero anche saltar fuori. Ma se me lo trovo davanti io gli sparo nei denti, non ci penso due volte. Capito, Sciarra? Tu mi devi proteggere da un tipo come quello, uno che ha sparato a un commerciante perché in cassa aveva soltanto duecento euro. Ma in una gioielleria chi è che paga in contanti? Questi rapinatori sono proprio imbecilli, farebbero più soldi a rapinare una pizzeria a fine serata».

Maria Antonietta si concesse l'ultimo bicchiere di vino.

«Comunque, Sciarra, in campana, e fuoco a vista, non ci stare a pensare due volte, non fare l'eroe o il poliziotto corretto. In caso lo vedessi, anche soltanto aggirarsi nei dintorni, prima gli spari, poi se ne parla. Questa è la foto. No, non è una di *quelle* foto, è semplicemente una foto identificativa. Io penso che se si farà vivo lo farà nel corso dei miei spostamenti, da casa al commissariato e viceversa. Che venga qui a casa ne dubito, perché l'edificio è controllato, molto più controllato di quello che si può credere. Ci sono telecamere dappertutto, e altri strumenti di controllo. Nessuno può facilmente entrare o uscire. A meno che non sia un kamikaze. Siamo intesi?».

Antonio Maria ebbe la sensazione che queste affermazioni così decise fossero, indirettamente ma neanche poi tanto, rivolte a lui. Chi ha orecchi intenda. Con gli occhi fissi al centrino ricamato in mezzo alla tavola, scuoteva la testa. Il gesto era un automatismo che accompagnava i suoi pensieri, il progetto di fuga era una follia, andava abbandonato. Maria Antonietta lo prese invece come un assenso sulle storture del mondo.

«Hai ragione Pupo, qui non ci si capisce più niente».

12

Le occasioni si presentano quando meno te le aspetti e il demonio ti induce in tentazione anche nel momento in cui le tue decisioni sembrano ferme e motivate. E Antonio Maria non aveva certo pensato a quella della cassapanca come un'occasione, forse l'ultima, che il destino gli aveva confezionato.

Perché c'era la questione della cassapanca, una vecchia, brutta, inutile e pesantissima cassapanca che la sorella maggiore di Maria Antonietta da anni rivendicava come propria, e che invece occupava spazio nella loro casa, senza valore e utilità. Alla fine sua moglie si era decisa, te la faccio avere la tua cassapanca, ti pago anche lo spedizioniere, basta che non se ne parli più.

Dunque quella mattina sarebbero passati i facchini a ritirarla. La cassapanca era vuota, liberata da alcune coperte e altri ammennicoli che ci erano stati infilati nel corso degli anni. Maria Antonietta aveva dato un preciso incarico al marito: riempi questo modulo, stai bene attento a compilarlo, eccolo qui. Verranno a ritirarla in mattinata, tu non devi fare niente, se non quello che ti ho detto. Ecco qua duecento euro che sono la cifra esorbitante che mi hanno chiesto, ma dice che ci vogliono quattro facchini, e allora... pazienza. Così quell'imbecille di mia sorella avrà la sua cassapanca, che non vale niente, magari la potrà usare come bara, per sé o qualche suo caro».

Maria Antonietta uscì di casa verso le nove, insieme a Sciarra, come al solito, ignorando quali effetti la sua battuta da quattro soldi sulla bara aveva innescato nella mente di Antonio.

Una bara? Una bara? Ma qualcosa che può contenere un cadavere, in effetti la cassapanca era lunga metri 1,65, poteva contenere anche un essere vivente, no?

L'immediato pensiero di essere rinchiuso in una simil-bara terrorizzò un claustrofobico come lui, che dai tempi del liceo era a conoscenza della letteratura sui seppellimenti prematuri... e quindi, andarcisi a cacciare di propria iniziativa... Ma in fondo, dopo tutto il tempo che aveva passato nella sua cella di rigore... che cosa poteva succedergli? Sono soltanto sensazioni soggettive, e in ogni caso...

Hic Rhodus, hic salta, pensò di nuovo Antonio Maria, un'occasione del genere non si ripresenterà. E per di più ho duecento euro. Andò a vestirsi, era ancora in pigiama. Riempì il modulo: compilò l'indirizzo della sorella di Maria, che abitava in provincia. In provincia... da lì potrò dileguarmi facilmente, e poi... e poi dispongo di duecento euro. Preparò un minuscolo bagaglio che stipò nella cassapanca.

Quando lo spedizioniere suonò il campanello Antonio Maria rispose che potevano salire, l'oggetto era all'ingresso dell'appartamento, lui purtroppo non poteva essere presente perché sotto terapia.

I quattro facchini dello spedizioniere presero l'ascensore e trovarono la porta aperta: la cassapanca era lì, con sopra il modulo ben compilato «A CARICO DEL DESTINATARIO». Tutto regolare, ma quando afferrarono la cassapanca si resero conto che pesava assai di più di quanto pensassero, e non entrava nell'ascensore. Non ne rimasero contenti, e dovettero camallarsi quel mobile pesantissimo giù per le scale.

Antonio, ripiegato dentro la cassapanca, con i duecento euro in tasca, subiva gli urti durante la discesa delle due rampe di scale. Morirò qui dentro? Ce la potrò mai fare a resistere? Ma anche se morissi, che cosa ci rimetto?

Avvertì un grande sobbalzo quando la cassapanca fu buttata sul pianale di un mezzo meccanico. Già si pentiva di quello che stava facendo, ma... Che modi... pensava, in viaggio verso l'ignoto. La sua idea era quella di uscire di soppiatto dal mobile appena se ne presentasse l'occasione, ma per il momento il mezzo – un furgone? un camioncino? – era in movimento. Si sentiva sballottato da tutte le parti, e avvertiva i primi sintomi delle sue crisi. Si era portato dietro la sua riserva di pasticche e una bottiglietta d'acqua, deglutì una pillola, il mezzo motorizzato procedeva a sobbalzi.

In quel viaggio perse la cognizione del tempo, nella bara era buio, tranne uno spiraglino rappresentato da alcuni fori e pertugi fra coperchio e pareti laterali, che gli permettevano anche di respirare.

Finalmente la corsa finì, il furgone si arrestò, e la cassapanca fu scaricata, violentemente, a terra. Antonio Maria attese che intorno a lui non ci fossero più rumori e segni di attività del personale incaricato. Regnava adesso il silenzio. Forse era finita la tortura, si augurò, forse...

E dunque provò a fare forza sul coperchio della cassapanca per uscire. Ma, porca miseria, il coperchio non si apriva. Cercò di esercitare tutta la forza che poteva, ma evidentemente avevano poggiato sopra la cassapanca un altro bagaglio o mobile assai pesante, e lui non riusciva a spostarlo. Con grande fatica si dispose a pancia in giù e inarcò la schiena, nulla da fare, il coperchio non si apriva.

Lo prese, inevitabilmente, una crisi di panico, tipo quella del sepolto prematuro raccontato così bene da Edgar Poe. Ma perlomeno le lunghe ore nella «cella di rigore» erano servite a qualcosa, riusciva a gestire la sofferenza e la crisi. Aveva capito che non sarebbe morto per questo, se no sarebbe morto già da un bel pezzo. Così imparava, Maria Antonietta, pensava di castigarlo e invece lo fortificava. Ma per Diana, e se rimango qui dentro? Chi mai si accorgerà di me? Provò a usare la voce, a lanciare un grido, ma gli si strozzò in gola. Cominciò a sbattere con i gomiti e con le mani contro le pareti di legno massiccio, ma apparentemente nessuno poteva sentirlo. Dove l'avevano portato? Era già nella casa della sorella di Maria Antonietta? L'avevano depositato nelle cantine? Era quella la fine a lui destinata?

A questo punto gli sembrò impossibile gestire la situazione. Si era sepolto vivo da solo? Una forma di suicidio veramente singolare, la peggiore. Morire in mezzo al panico, che orribile situazione, terrorizzante soltanto a immaginarsi.

Queste sue angosce furono interrotte da rumori di gente. Avvertì chiaramente che alcune persone avevano rimosso il pesante oggetto che gli aveva impedito l'uscita, e stavano caricando la cassapanca da qualche altra parte. Un filo di speranza si insinuò nella sua mente ormai quasi perduta. Altri sballottamenti gli fecero capire che era di nuovo a bordo di un altro mezzo meccanico, a giudicare dal rumore sembrava un camion più grosso. Gli scuotimenti gli rompevano la schiena.

Il camion viaggiò per un intervallo di tempo che a lui parve interminabile. Ogni tanto si fermava, sentiva gli incaricati bestemmiare spostando qualche plico, poi il camion ripartiva. Molto semplice. Mi hanno portato al centro di smistamento dello spedizioniere. Adesso si passa alle consegne, e prima o poi toccherà a me. Consegna in giornata, era previsto dal modulo. Se arriverò vivo.

Finalmente Antonio Maria avvertì che indubitabilmente era il suo turno. Alcuni energumeni, non propriamente felici dell'incarico che stavano assolvendo, avevano scaricato la cassapanca dal camion e la stavano portando da qualche altra parte.

Senza grazia la buttarono per terra, e Antonio Maria avvertì una fitta alle lombari, e adesso dove mi lasceranno? E se sopra la cassapanca appoggeranno un altro pesantissimo mobile? E se invece nonostante tutto fosse possibile intravedere una via d'uscita? Finalmente erano arrivati a destinazione.

Gli spedizionieri sacramentavano utilizzando un campionario di improperi che al sepolto vivo era sconosciuto.

«Ma qui non c'è un cazzo di nessuno».

«E chi ce la mette la firma di consegna?».

«E che vuoi, riportarlo di sotto?».

«La firma la metto io, metto una X, e che vadano a fare in culo».

«Ma qui c'è scritto "PAGAMENTO A CARICO DEL DESTINATARIO", e non c'è nessuno».

«Ah, io giù non la riporto, gli lasciamo un avviso di contattare la ditta, ci penseranno loro».

Se ne andarono. La cassapanca era stata consegnata. Era fatta. Evidentemente la sorella di Maria Antonietta non era in casa, con tutta probabilità la cassapanca era stata lasciata fuori dalla porta di ingresso. Che fortuna!

Antonio Maria provò a fare forza sul coperchio, e questo si mosse facilmente, si aprì. Ahh, che sollievo, allora era riuscito a farcela, era sopravvissuto a quel lungo viatico dentro la bara, vivo e vegeto, pur se completamente fradicio di sudore e psichicamente distrutto.

Era buio. Lui si mosse e uscì dalla cassapanca, cercando di sgranchirsi un po', ma non vedeva niente.

Improvvisamente sentì il rumore di un ascensore, si nascose nell'oscurità, pronto a fuggire.

Poi si accese la luce condominiale ed ebbe una strana sensazione, come di un déjà vu, di un'esperienza consumata, di un luogo già visto.

Era vero, quel luogo l'aveva già visto, era il pianerottolo di casa sua, per intendersi dell'abitazione che condivideva con Maria Antonietta.

Proprio in quel momento l'ascensore si fermò al piano e ne scese il commissario Salvatores che si stupì di trovare suo marito lì, sul pianerottolo, con quella cassapanca che avrebbero dovuto ritirare la mattina gli spedizionieri, per consegnarla una buona volta a sua sorella.

«E tu che ci fai qui fuori? E perché la cassapanca è ancora qui? Si sono limitati a spostarla da dentro casa al pianerottolo? Sei in grado di darmi una spiegazione? Ma che ti è successo, perché sei così sudato, hai avuto una delle tue crisi? Perché non mi hai avvertito?».

Antonio Maria era terrorizzato e al tempo stesso in totale confusione.

«Mah, non so, non so proprio che dirti, gli spedizionieri erano venuti, però poi sono tornati... io non c'entro niente... loro...».

Maria Antonietta prese il foglio di consegna che i facchini avevano lasciato sulla cassapanca, anzi per terra. Gli dette un'occhiata sbrigativa.

«Ah, c'era da immaginarselo» commentò scuotendo la testa. «Potrei avere un marito più imbecille di quello che ho? Guarda cosa hai combinato, emerito cretino. Entra, dai, non mi fare perdere tempo. A proposito, che hai preparato per cena? Ho una fame da lupo, e ricordati che Sciarra arriva alle nove».

Una volta all'interno Maria Antonietta spiegò al marito che cosa era successo: «Sei il solito deficiente, guarda qui: hai scritto il nome del destinatario al posto di quello del mittente e viceversa. Ma possibile che non ti possa affidare neanche un incarico così banale? E lo spedizioniere poi i soldi li ha voluti lo stesso?».

Antonio Maria era sul punto di crollare, come lo sarebbe stato chiunque avesse passato la giornata in una bara, ma riuscì a trovare la forza per dire: «No Maria, i soldi, guarda, i soldi li ho ancora qui, eccoli, via, in fondo è stato solo un giro a vuoto, non ci abbiamo rimesso niente».

«Ma come fai a dirlo, pezzo di un idiota! Sicuramente mi faranno pagare lo spostamento, ma sappilo, te li detraggo dal tuo fondo risparmi, non posso farmi sempre carico di tutto io...».

Un fondo risparmi? E dove, e come? A nome mio?

13

La mattina seguente, come del resto aveva già fatto per tutta la notte, Antonio Maria la passò a cospargersi il capo di cenere e a stracciarsi le vesti. Ma come è possibile che io sia così idiota? Mi sono fatto tentare da un'occasione, ma era chiaro che non sarei riuscito a combinare niente.

E la metafora della cassapanca! Il significato era evidente. Uscirò da questa casa dentro qualcosa che assomiglia molto a questa cassapanca, ma che non è una cassapanca, è una cassa e basta. Perché io qui morirò, e non fra molto.

Ma c'era da darsi da fare, perché la domenica successiva, vale a dire dopo quarantotto ore, sarebbe stata una giornata campale. Venivano a pranzo da Maria Antonietta alcuni suoi parenti, sua sorella Maria Giuseppina, sorella minore, non quella della cassapanca, sua zia Ornella e il marito di questa, zio Alfio.

Antonio cominciò a cucinare fin dal sabato: il menù prevedeva tortellini in brodo, brodo fatto a dovere, di lingua, gallina e muscolo o sorra che dir si voglia, e poi i relativi bolliti misti, con appropriate salse. Ma prima, come antipasto, una vera specialità, il collo di cappone ripieno, pietanza che per essere allestita richiedeva molto tempo e perizia. Alle nove della domenica mattina era già tutto pronto.

Il problema adesso era preparare Antonio Maria, al quale di solito in queste situazioni Ietta «consigliava» di prendere una dose doppia o tripla dei suoi sedativi. Per lui, sosteneva la moglie, era una prova troppo forte sopportare la presenza di così tanta gente, e l'emotività dell'occasione poteva indurre una crisi di panico, di ansia, insomma una delle sue.

Per cui verso mezzogiorno e mezzo, quando arrivarono i parenti, Antonio era in stato catatonico sulla poltrona, nel suo studio-camera da letto.

I parenti conoscevano le condizioni di grave malattia in cui versava quell'uomo, compativano lui e la povera moglie, che avevano avuto questa sfortuna.

Dopo i vari convenevoli, baci sulle guance, «Come ti trovo bene...», «Sei ringiovanita...», «Per te gli anni sono un optional» ecc., i parenti, uno alla volta, per non ingenerare nel poveraccio troppo stress emotivo, andarono a fare la visita di rito al malato, che li accoglieva con qualche cenno e qualche parola, restando seduto in poltrona. Era talmente inebetito che non doveva affatto recitare.

«Come stai Antonio Maria?».

«Eh...».

«Ti trovo bene. Oggi va meglio?».

«Ah...».

«Mi riconosci? Sono zia Ornella...».

«Allora Antonio, come andiamo, sono Alfio, tutto a posto?».

Ciascuno uscendo dalla camera scuoteva la testa, e se incrociava lo sguardo del parente successivo mormorava: «Eh... che ci vuoi fare».

Terminato questo rituale iniziò il pranzo: in una tavola apparecchiata alla perfezione (da Antonio Maria) con posate d'argento e bicchieri di cristallo, Maria Antonietta cominciò a servire le pietanze, a partire dal collo di cappone ripieno.

«Ma Ietta, non ti dovevi disturbare, preparare questa roba buonissima, con tutte le cose che hai da fare, ma come ci riesci?».

«Mmmhh, senti che bontà questo brodo, ma dove trovi il tempo?».

«Ah, il tempo si trova sempre, che volete, due cosine fatte alla veloce, tanto per passare un paio d'ore tranquilli, insieme».

Antonio Maria non partecipava al pranzo, restava in camera, sempre per i soliti motivi. La moglie gli portò una scodella di tortellini in brodo, su un vassoio.

«Ma ce la fa a mangiare da solo? Non è che si sbrodola tutto?».

«Ce la fa, ce la fa, non vi preoccupate».

«Ma esce mai di casa?».

«Raramente, rarissimamente... ma è sempre la solita storia, va in crisi... Certe volte cerco di convincerlo ad uscire fuori... ma non c'è verso... si abbarbica alle tende... fa delle scenate...».

«Ottimi questi bolliti misti, io li preferisco con la sana vecchia salsa verde, non trovate?».

«Certo, povera Maria Antonietta, deve essere un bel

peso per te, hai una forza incredibile. Ma non sarebbe meglio metterlo in un istituto...?».

«Mai e poi mai, finché ne ho la forza lo tengo qui e mi occupo di lui... e chissà che un giorno non stia meglio... non guarisca...».

«Poveraccia, ma che vita è la tua? Solo lavoro e assistenza al marito... ma qualche svago te lo prendi? Dovresti dedicare almeno due o tre ore a settimana a te stessa, ritagliarti un piccolo spazio per te...».

«Eh, magari... ma parliamo d'altro... ditemi di voi...».

«Certo che col lavoro vai forte... Si legge sempre di te sui giornali. Non c'è un caso che tu non riesca a risolvere».

«No, no, no, non parlatemi di lavoro, non avete idea; piuttosto, come stanno le nipotine?».

«Ah. La Mariangela, ninina, è un po' birbona, ma quella maestra lì, non capisce niente, dice che è dislessica, che non legge bene, ma lo dice lei, ormai queste insegnanti...».

«Aspettate, vado a portare a Tonino un po' di lingua, gli piace tanto».

Questi pranzi familiari, per fortuna rari, di solito cominciavano così, all'insegna della ritrosia di Maria Antonietta a parlare di sé e del suo lavoro. Poi, col passare dei minuti, si trasformavano sempre in un monologo del commissario che raccontava delle sue prodezze investigative.

Lo zio e la zia erano ghiotti dei particolari più raccapriccianti e Maria Antonietta non li lesinava. E di recente aveva risolto il caso del morto ammazzato di lupara in ospedale.

«Ah, guardate, quella faccenda mi puzzava fin dall'inizio. Che motivo c'era di ammazzare un malato terminale di cancro che aveva davanti a sé poche settimane di vita?».

«Eh, già, che motivo c'era?». Lo zio Alfio si allungò in diagonale, da un orecchio ci sentiva poco.

«Prima di tutto era vero che la vittima era un malato terminale. È risultato dall'autopsia, all'inizio non ci credevo. Pensavo che si trattasse di qualche mafioso che si era fatto ricoverare in ospedale per nascondersi, sotto falsa identità. Pensavo che il morto in realtà godesse di ottima salute... zio, mi verseresti un goccio di vino, per favore? ... Ecco no, quello che hanno finito a colpi di lupara era effettivamente all'ultimo stadio della malattia. E allora mi chiedevo, ma che motivo ci poteva essere di trucidarlo in quel modo, un modo così eclatante. Che si trattasse di una forma un po' anomala di eutanasia? Mah, sai, oggi come oggi se ne vedono di tutti i colori, ma questa poi... Se i responsabili erano pronti a entrare in ospedale armati fino ai denti, non facevano prima con una iniezione? No, eravamo fuori strada.

«Allora ho pensato, i killer hanno voluto mandare un messaggio, hanno voluto uccidere il malato prima che morisse di morte naturale: hanno voluto comunicare chiaramente che quello meritava una morte del genere. Una vendetta? Una faida?».

«Eh, già, una vendetta, una faida».

«Abbiamo preso informazioni: la vittima... un ex impiegato del catasto in pensione. Unico fatto saliente era che a più di sessant'anni aveva perso la testa per una ragazza giovane, una dell'Est, e per lei aveva abbandonato moglie e figli, questi peraltro quasi sulla quarantina».

«Eh sì, cose del genere succedono tutti i giorni» commentò zia Ornella.

«... Allora, che fosse stata la moglie abbandonata a organizzare l'omicidio? Oppure l'amante ucraina, alla quale la vittima aveva intestato alcuni beni, poca roba per dirla tutta? No, no, la pista era quella sbagliata. Che vantaggio poteva avere la moglie a fare fuori l'ex marito, a parte che non erano nemmeno separati, giusto prima che i suoi giorni finissero da soli? E che vantaggio poteva avere la nuova compagna?».

«Eh, già, e che vantaggio poteva avere la nuova compagna?».

«E dunque la faccenda non quadrava per niente. Poi però, come sempre mi succede, ho avuto l'intuizione, il colpo di genio. A me Nero Wolfe mi fa un baffo. Ho guardato meglio allo "status" della vittima, tal Guglielmoni Attilio. Che cosa aveva fatto negli ultimi tempi? Dove aveva messo i suoi soldi? Tanto, ricordatevi, sono sempre i soldi a guidare le azioni delle persone, sensate o meno che siano. E allora, sì, aveva regalato qualcosa all'ucraina, ma mica tanto. E però aveva fatto un investimento, aveva buttato 200 mila euro in una polizza assicurativa sulla vita da un milione. Forse l'aveva fatto quando già sapeva di essere spacciato, comunque lo sapeva soltanto lui. Dopo una certa età queste polizze costano una cifra altissima, e lui l'aveva investita. E chi ne era il beneficiario? La ragazza ucraina, ragazza si fa per dire, ha quasi quarant'anni».

«Allora è chiaro, l'ucraina l'ha fatto fuori per incassare la polizza». Lo zio Alfio non aveva resistito.

«Eh no, caro zio, mi passeresti il tiramisù? Come mi è venuto questa volta? A me non sembra granché, l'altra volta mi era venuto meglio... che ne dite?».

«Io lo trovo ottimo, Ietta, una delizia...».

Per quanto Antonio Maria, nella sua stanza, fosse inebetito, era comunque in grado di captare a tratti la conversazione. Fu una pugnalata. Ah, adesso il tiramisù «non le è venuto bene»... «Ietta, una delizia».

«Caro zio, la faccenda sta proprio al contrario, sai perché? Prima di tutto perché il malato aveva ormai i giorni contati. Che interesse poteva avere l'ucraina ad accelerare i tempi, una questione di giorni, rischiando fra l'altro di essere scoperta? Solo un pazzo avrebbe agito così. Ma c'è di più, la polizza non copre casi di morte violenta. Vale a dire, se l'intestatario viene ucciso – e da chi poi, magari dalla beneficiaria stessa – l'assicurazione non paga niente, non caccia il milione di euro. E allora ho ragionato. Non sempre i crimini vengono progettati per godere di un beneficio. Talvolta si perpetrano semplicemente perché altri di un qualche beneficio non ne godano.

«E così è andata, caro zio, così è andata. Ho fatto seguire un po' i movimenti recenti della moglie, i conti bancari, le telefonate. È venuto fuori che negli ultimi tempi aveva fatto un prelievo di 10.000 euro, lei non è riuscita a dimostrare a quale scopo lo avesse fatto e dove fossero finiti i soldi. Infine abbiamo tracciato i suoi contatti. Aveva reclutato un killer di infima categoria, l'importante era che si vedesse bene che si trattava di un omicidio, e non ci fossero dubbi. Quindi, ok lupara. E l'assicurazione non pagherà niente. Ora all'assicurazione non gliene frega particolarmente che l'omicidio sia stato commissionato giusto perché l'assicurazione non paghi. Non paga e basta e l'ucraina se la prende in quel posto, scusate il termine. Lei ha già fatto qualche mossa per chiedere un risarcimento, accusando la mandante, cioè la moglie del suo fidanzatino. Ma la moglie è un tipo solido: preferisce farsi l'ergastolo, basta che quella "troia", scusate il termine, così l'ha definita, non becchi un centesimo...».

«In che mondo si vive...».

«Volete un po' di Moscato d'Alba?».

Il pranzo finì intorno alle tre e mezzo del pomeriggio. I parenti ripassarono in camera di Antonio Maria per salutarlo, ma lui si era assopito, o forse faceva finta, non avendo voglia di una nuova pagliacciata. Dentro di sé in realtà fremeva, pensava ai discorsi fatti a tavola. «Certe volte cerco di convincerlo ad uscire fuori...». «Non è che si sbrodola tutto?».

Il sedativo gli calmava le funzioni somatiche ma il suo cervello, come in una sbornia, alternava momenti di rabbia ad altri di desolazione. Che umiliazione... «E come fai a trovare il tempo?».

Antonio Maria, pur provvisoriamente inebetito dai farmaci, ormai intravedeva come soluzione solo qualcosa che non aveva senso, così come la sua esistenza presente, d'altra parte.

14

Il lunedì mattina seguente Antonio Maria era ancora sotto l'influsso della massiccia quantità di sedativi, e visto che era un pezzo che aveva ridotto le dosi, i farmaci avevano avuto su di lui un effetto potente, imprevedibile e destabilizzante.

Era rimbecillito ma convinto. I prodotti chimici avevano prodotto uno scollamento fra mente e pensiero, l'una andava in una direzione, l'altro in un'altra.

Spesso Antonio Maria amava lasciare procedere i suoi pensieri in libertà. Era l'unica sua risorsa, in fondo. Si immaginava cose impossibili. Per esempio quella di prendere una decisione drastica, definitiva, tanto assurda quanto irrevocabile. Uscire dalla porta di casa. Temeva conseguenze ferali ma ormai era pronto a tutto. In fondo, cosa aveva da perdere? Così si immaginò di indossare la camicia bianca pulita con i gemelli, di mettersi il suo completo grigio, che risaliva a una ventina di anni prima, e la cravatta rossa e di dire a se stesso: andiamo. Voglio proprio vedere cosa succede.

Fu così che indossò effettivamente la camicia pulita, il vestito grigio e le scarpe all'inglese. Nella tasca esterna della giacca trovò due euro e mezzo. Un segno?

Aprì la porta di casa e fu sul pianerottolo, un vago alone di terrore lo infastidiva riguardo a quello che stava facendo, ma non ne era del tutto consapevole, forse a causa dei farmaci. Chiamò l'ascensore premendo il tasto verde, con la stessa incertezza di un generale americano che nel 1963 schiaccia il bottone per far partire le testate nucleari in direzione dell'Unione Sovietica. Di primo acchito gli sembrava di non soffrire più di claustrofobia. Strano.

Ma presto dovette misurarsi con il fiato corto, avrebbe dovuto immaginarlo. Tornò in camera e si sdraiò immediatamente sul letto, ma ebbe la sensazione che ormai fosse troppo tardi.

Sentiva che stava arrivando la vampa, un sudore freddo, immotivato, e un giramento di testa, difficile da distinguere dai suoi tipici capogiri, eppure a suo modo nuovo, oddio, si sentiva proprio male.

Improvvisamente realizzò che provava una fitta alla schiena, e in parallelo sentiva un dolore allo sterno, opprimente, che dalla bocca dello stomaco si diffondeva al petto. Oddio mio, lo sapevo, lo sapevo, ci manca solo che adesso il dolore passi al braccio, *quel* braccio. Il dolore si fece più acuto e più diffuso allo stesso tempo. Santo cielo, ma che mi sta succedendo? È lo stress, ovviamente è lo stress, diamoci una calmata, non devo farmi prendere dal panico. Sono solo idee.

Eppure, idee o non idee, Antonio Maria si sentiva schiacciato da un malore che poteva avere la meglio su di lui. Di essere debole di cuore lo sapeva da anni, sia per ragioni familiari che per la propria costituzione. E adesso questo dolore invadente, a sorpresa, gli impediva di respirare, ne era certo, i sintomi parlavano chiaro, e la sudorazione si faceva sempre più intensa e gelida.

Prese il telefono in mano e chiamò Maria Antonietta, che altro avrebbe dovuto fare? Un po' era impaurito, pensando alla sua reazione, ma d'altronde se lei avesse saputo che lui aveva chiamato qualcun altro e non lei, come avrebbe reagito?

Ma lei non c'era, era in visita in carcere, e lì non prendeva nessun telefonino.

Fu travolto da un'altra ondata di dolore e di pressione retrosternale. Aveva molta paura, e si sentiva assai vicino a perdere i sensi.

E allora, che altro fare? Chiamò il 118.

Diligentemente dichiarò nome cognome e indirizzo, e poi enumerò i sintomi.

Gli dissero che la macchina era in arrivo, cinque minuti al massimo.

«C'è qualcuno lì con lei?».

«No».

«Allora, se ce la fa, apra il portone, resti in linea. Lei è cardiopatico?».

«No, cioè sì, insomma. Per aprire la porta devo assentarmi un attimo, aspettatemi qui, non mi lasciate solo!».

Antonio Maria aprì la porta di casa, quindi riprese il contatto telefonico.

«Secondo lei è un infarto?».

«Questo io non lo so, signor Cotroneo, adesso arriva l'unità cardiologica del 118, stia tranquillo».

In effetti arrivarono a breve.

Procedettero rapidamente a un ECG, misurarono altri parametri.

Antonio Maria teneva gli occhi chiusi.

Il medico, che era una donna, e che in realtà non era affatto un medico ma un membro del personale paramedico, disse che il tracciato era normale, non pareva esserci fibrillazione, né altre anomalie, però il paziente doveva essere condotto con la massima urgenza al Pronto Soccorso. Antonio Maria, travolto dalla paura di morire, si abbandonò, semisvenuto, alle cure dell'efficiente personale del 118.

Nel rapporto il paziente fu definito parzialmente collaborativo, fortemente stressato e impaurito.

L'ambulanza partì a sirene spiegate, il che in un primo momento ebbe un effetto rassicurante sul malato, il quale pareva assai meno sveglio di quanto non fosse in realtà.

In viaggio, però, le sirene gli ricordarono sua moglie, e riaffiorarono le enormi preoccupazioni su quale sarebbe stata la sua reazione, una volta messa al corrente della situazione. Come glielo spiegherò? Ma la corsa dell'ambulanza purtroppo dovette fermarsi. La strada era completamente intasata, un ingorgo fittissimo e immobile.

Il mezzo era fermo, in salita, il conducente pensò di fare retromarcia, ma ormai dietro di lui c'erano già almeno venti automobili, era bloccato. La sirena suonava con violenza, ma nessuno poteva muoversi di un metro.

Scesero tutti dall'ambulanza, non si capiva cosa fare. L'unica era cercare di fare inversione e prendere un'altra strada. Togliendo il freno a mano l'ambulanza fece qualche metro all'indietro, il conducente inchiodò subito, ma la lettiga dove era alloggiato il povero Antonio Maria non era ben assicurata, quindi slittò giù e aprì il portellone, che evidentemente non era chiuso nel modo corretto. E dunque la lettiga su ruote scivolò giù dall'ambulanza, restando in piedi e prendendo velocità. Per sua fortuna, o sfortuna, si infilò nel corridoio fra le file di auto, riuscendo a percorrere una quarantina di metri, fino a che... fino a che non investì un signore di età avanzata, anche lui sceso per vedere come si metteva l'ingorgo.

L'urto fu violento, la lettiga colpì in pieno il malcapitato sulla schiena. L'uomo fu spinto a terra, dopo un volo di qualche metro. Picchiò la testa pelata sull'asfalto, e lì rimase. Tre o quattro persone accorsero subito e cominciarono a sacramentare quando videro la ferita di grosse dimensioni sul cranio. Sanguinava copiosamente.

«Oddio, questo si è fatto male per davero!».

«Chiamate un'ambulanza!».

Anche Antonio Maria si ritrovò a terra, sbalzato giù dalla lettiga, in fondo per lui era stata una circostanza fortunata, quel signore aveva ammortizzato l'urto e lui non si era fatto niente. Confuso, si guardava attorno, non capiva bene, osservava l'anziano rantolante al suolo.

La barella era rimasta in piedi, e allora Antonio Maria pensò che l'unica soluzione era quella di risdraiarcisi sopra. Provò a farlo, ma fu bloccato.

«E lei che sta facendo?».

«Eh? Io? Chi?». Gli era venuto naturale risalire sul lettino.

«Lei non faccia il furbo. Non capisce che qui c'è una persona in pericolo di morte? Il paziente è un altro, se ne vada!».

«Ma io... ero io sull'ambulanza, mi devono portare al Pronto Soccorso».

«Non dica scemenze, non vede come è ridotto quel signore? Perde molto sangue».

I tre automobilisti, in barba alla regola che impone di lasciare il paziente immobile a terra e di non spostarlo finché non sia messo in sicurezza dal personale di soccorso, sollevarono l'anziano e lo sbatterono sulla lettiga, pieno di sangue.

Proprio allora arrivarono di corsa quelli dell'ambulanza, costernati. Recuperarono la barella col malato sopra.

«Non fate fotografie! Non fate fotografie! È per la privacy!» urlavano. Ma non era per la privacy, piuttosto perché se la cosa si sapeva in giro, che l'ambulanza aveva perso il paziente scivolato giù per la discesa, loro erano tutti fregati, e allora addio volontariato, cioè addio rimborso. Per di più il paziente si era fatto male alla testa, sanguinava in modo impressionante.

Erano così preoccupati per la loro negligenza che non fecero attenzione all'aspetto e all'identità dell'occupante la barella. D'altronde sanguinava così tanto che era tutto impiastricciato, i suoi connotati deformati e mascherati.

Finalmente l'ambulanza riuscì a fare inversione e a ripartire, in direzione opposta, a sirene nuovamente spiegate.

Così Antonio Maria si ritrovò, sperduto, in mezzo alla strada.

Guardava le automobili, molti modelli non li aveva mai visti. Oddio, in fondo le macchine erano sempre le stesse, Peugeot, Renault, Audi, Ford, però gli sembravano gonfiate, come se avessero preso il cortisone.

Raggiunse il marciapiede, e cercò di riprendere fiato.

Osservava con curiosità, e con timore, tutti quei guidatori apparentemente indifferenti a lui, anche se dietro ciascuno poteva celarsi un uomo di Maria Antonietta.

Fece finta di niente e si incamminò in una direzione a caso, lentamente, come se fosse una persona normale in una situazione normale. Raggiunse la prima traversa, una viuzza secondaria, era in una parte della città che non conosceva molto bene, e che comunque non riconosceva. Una volta imboccatala si mise a correre, sfrenatamente. Quanto tempo era che non correva? Infatti presto gli mancò il fiato, si sentì oppresso dalla fatica e dal suo malessere. Quante pasticche aveva con sé? In caso di bisogno per quanti giorni sarebbe potuto andare avanti? Si accasciò appoggiandosi contro un muro sbreccato, ansimante. Sudava freddo. Entrò in un baretto all'angolo e si fece dare un bicchier d'acqua: inghiottì una pasticca, ma si sentiva osservato. Effettivamente il barista e i pochi avventori lo guardavano, aveva proprio una brutta cera.

«Si sente bene? Vuole mettersi a sedere? Ha bisogno di qualcosa?».

«No, no, grazie, è tutto a posto» rispose Antonio Maria, quasi sorprendendosi di esserne in grado. Quanto tempo era che non parlava con un gestore di bar, o col cassiere?

Possibile che in quel momento fosse libero, come un cittadino qualsiasi, libero di sedersi al tavolino esterno di un caffè, a guardare la gente che passa?

L'ambulanza era arrivata al Pronto Soccorso. Il malato versava in condizioni serie, gli fu attribuito un codice giallo. In stato confusionale, non collaborativo, ferita lacero-contusa sulla fronte, abbondantissimo sanguinamento. Al momento dell'intervento del 118 aveva dichiarato sintomi retrosternali, sudorazione fredda, dolori alla schiena.

I parametri vitali furono misurati di nuovo, e si discostavano molto da quelli rilevati dall'équipe del 118 a domicilio. Il medico non sapeva cosa pensare. «Ma come è possibile che questo signore adesso mi dia 160/120, con un polso di 45? Ma questo è un cardiopatico, non glielo avete chiesto? E com'è che a casa aveva 70 pulsazioni? E come se lo è prodotto questo taglio? È svenuto e ha picchiato la testa? Ve ne siete accertati? Ma si può lavorare così?».

«Ecco l'ECG, dottore».

«Ah, ah! Ma questo ha una cardiopatia, una disfunzione aortica, problemi alla mitrale, nessuno mi sa dire niente? Ci sono cartelle cliniche? E quel taglio sulla testa si può sapere come se lo è fatto?».

Gli addetti del 118, con la coda fra le gambe, ammisero che il taglio se lo era prodotto in ambulanza, agitandosi, ma era un taglietto, niente di grave.

«Siete sicuri che questo non prende il Coumadin? Vi siete informati? Non c'è un parente, una moglie?».

Il medico era veramente infuriato: «Un altro ECG, saturazione, RX torace, enzimi, cazzo, glielo avete fatto il prelievo?».

«Sì, dottore».

«Trovatemi la moglie».

La moglie fu trovata. Maria Antonietta fu avvisata che suo marito era al Pronto Soccorso.

«Parlo con la signora Maria Antonietta Cotroneo?».

«No, io mi chiamo Maria Antonietta Salvatores, Cotroneo è il cognome di mio marito, dica».

«Suo marito è qui da noi, al DEA».

«Al DEA, e perché? E come ha fatto ad arrivarci?».

«Signora, suo marito è cardiopatico, e noi non abbiamo alcuna cartella, ma lei non sa niente delle condizioni di suo marito?».

«Non usi questo tono con me. Lei lo sa con chi sta parlando? Lei sta parlando con il vicequestore Salvatores. Ma cosa intende per cardiopatico, mio marito non ha mai avuto problemi di cuore».

«Ah, no? Ma chi è il cardiologo di suo marito?».

«Cardiologo? Non mi risulta che ne abbia uno».

«Signora, qui la situazione è seria, ho bisogno di conoscere la storia clinica del paziente. Ha avuto infarti? Quanti ne ha avuti? Perché non ha il pace-maker?».

«Infarti? Perché, ha avuto degli infarti? E non mi ha detto niente quel figlio di puttana? Ma come è possibile? Ah, adesso lo sistemo io quello stronzo!».

«Signora, non abbiamo tempo da perdere! Suo marito ha chiamato il 118 per un malore. Ma nelle sue condizioni veniva lasciato da solo?».

«Non si permetta di queste insinuazioni! Mio marito ha dei problemi di salute ma è seguitissimo, e come si chiama lei? Dottor...? Se lavora al DEA vuol dire che è uno che non conta un cazzo. Guardi che conosco gente molto in alto!».

Il povero medico del Pronto Soccorso avrebbe voluto sbattere la testa contro il muro.

«Venga qui al più presto! Con le cartelle cliniche. E non si spaventi se suo marito ha una ferita sulla testa. Ha perso molto sangue ma è stato suturato. Ma che lei sappia, è scoagulato?».

«Scoagulato? Ma cosa intende dire? Una ferita sulla testa, oh Santo cielo!».

Antonio Maria era seduto a un tavolino del bar. Non aveva la più pallida idea di dove dirigersi, si sentiva smarrito, perduto. Lentamente, con la morte nel cuore, pensò di rincamminarsi verso casa. Non sapeva come, ma che alternative aveva? Dove altro poteva andare a parare? Prima di tutto LEI lo avrebbe ritrovato anche in capo al mondo, ma poi, come ci sarebbe arrivato in capo al mondo? Lui non era in grado di arrivare neanche a due chilometri di distanza. Per ovvi motivi di salute, fra l'altro.

Ma in una piccola quota del suo intimo provava una vaghissima allegria motivata dalla libertà. Osservava intorno, vedeva la gente impegnata nelle più normali attività, come accompagnare i bambini ai giardinetti o cercare gli spiccioli nel portamonete.

La realtà esterna non gli faceva una grande impressione, tutto sommato non gli sembrava migliore di quella interna, ma che ne sapeva lui, dopo tutto quello che aveva subito in vita sua?

E adesso che faccio? Si infilò una mano in tasca, ne estrasse i due euro e mezzo. Ordinò un caffè. Quanto tempo era che non prendeva un caffè al bar? Un carcerato, quando pensa alla prima cosa che farà appena esce, non pensa forse di prendersi un espresso al bar?

Era buonissimo.

Una torma di pensieri cominciò a turbinare nella sua mente.

E se io...?

Ma dove posso andare con un euro in tasca?

E quanto ci metterà Maria Antonietta a trovarmi? E che le dirò?

E se non mi trovasse? E se provassi ad andare in banca?

Beh, tanto cosa ho da perdere?

Ormai, quale che fosse la sua decisione finale, procurarsi del denaro era imprescindibile, anche solo per pagare un taxi per tornare a casa. E cos'era quella storia dei fondi? L'avrebbe chiesto in filiale. Si alzò dal tavolino, pronto a partire.

Già, ma dov'era la filiale? Si ricordava vagamente che non era lontana da casa, ma adesso la sua testa era in confusione.

Tornò dentro il bar e chiese a loro dov'era la filiale del Banco di Roma più vicina.

«Banco di Roma? Non esiste più, adesso c'è l'Unicredit, è qui dietro l'angolo».

Gli indicarono la direzione e lui si incamminò. Di nuovo avvertì qualche piccolo malore. Provava un intermedio senso di vertigine, gli girava la testa e aveva il fiato corto. Lei sa che io sono qui?

Quasi senza accorgersene arrivò davanti alla filiale, era aperta. Stazionò per qualche minuto di fronte, senza sapersi decidere. Poi respirò profondamente, alcune volte, ed entrò per la porta girevole.

Era in funzione un'unica cassa, davanti alla quale c'era una coda di tre o quattro clienti, quasi tutti impegnati in conversazioni telefoniche.

Si sentiva osservato, come se ogni persona potesse essere un emissario di sua moglie, che registrava i suoi movimenti. Per esempio quella ragazza volgare e maleodorante che urlava al telefono, come credere in quella messa in scena: era evidentemente una poliziotta camuffata che recitava maldestramente la parte di quella che è sempre in ritardo, e che non ha fatto in tempo ad andare a prendere la bambina all'asilo. Ma c'era bisogno di urlare in quel modo? Una pessima recitazione.

E quell'altro bellimbusto, coi capelli rasati sulle tempie e un lungo ciuffo sul cranio, come poteva soltanto credere che non si capisse benissimo che era un poliziotto? Fra l'altro sotto il giubbotto di pelle si intuiva la presenza di un oggetto pesante e massiccio, una rivoltella. Ma a chi voleva darla a bere? E quell'altro anziano? Evidentemente un ex agente in pensione, reclutato da Maria Antonietta.

Ma che ci faccio qui? pensava Antonio Maria. Anche ammesso che il conto a nome mio sia sempre in vita, come potrò mai riuscire a prelevare qualche euro? Non mi conoscono, non hanno mai visto la mia faccia. E non dispongo neanche di un documento valido, la mia carta d'identità, che peraltro è in un cassetto a casa, è scaduta da un bel po'. E allora che speranze ho?

La ragazza in canottiera gli lanciò uno sguardo terrificante. Lei voleva solo mettere in chiaro che in coda c'era prima lei, ma Antonio Maria la prese in altro modo, si sentì scoperto. Per di più lo stava sconvolgendo un senso di nausea, poi arrivarono i sudori gelati, tachicardia e aritmie, aveva bisogno di sdraiarsi. L'ennesima crisi di ansia sociale?

Bianco come un cencio, svenne. Il tipo da lui frettolosamente giudicato come uno scherano di sua moglie, l'ex agente in pensione, che in realtà di professione faceva il benzinaio, si affrettò ad alzargli le gambe, riconosceva i sintomi del collasso. Fu immediatamente chiamato il 118, il malato fu caricato e portato al Pronto Soccorso. Identità sconosciuta, sintomi di collasso cardiaco. Parametri...

Al triage c'era una gran confusione, una signora stava urlando al banco: «Voglio vedere mio marito, voglio sapere cosa è successo. Voglio sapere in che stato di salute versa e che cos'è questa storia degli infarti e della malformazione della valvola mitrale!».

«Signora, il dottore arriverà appena può, lei in questo momento non può vedere il paziente, è in Alta Intensità, potrà vederlo solo più tardi, la situazione è grave».

«Grave? E io devo essere l'ultima a saperlo?».

Gli addetti dell'ambulanza che aveva raccolto quel signore alla filiale dell'Unicredit, vestiti di giallo e arancione fosforescente, cercarono di far capire alla signora che loro dovevano consegnare un paziente, fare l'accettazione, poi lei poteva continuare finché voleva.

«Chi siete voi? Come vi permettete? Sapete chi sono io? Agente Poggiali, prenda i nominativi di queste mezze seghe».

Antonio Maria, ancora confuso e semisvenuto, fu come richiamato alla realtà da questa voce femminile, che riconobbe. Perché Maria Antonietta era lì? L'avevano già avvertita?

Lui si concentrò, cercò di non respirare più, e quindi di svenire un'altra volta. Ma questo, se non per qualche monaco buddista, è impossibile, e diventò tutto rosso.

«Signora, ci faccia spazio, non vede che il paziente sta male?».

Maria Antonietta fece cenno di passare e di non rompere i coglioni. Ma non poté non buttare un occhio su quello che stavano ricoverando. Lo guardò meglio. Era Antonio Maria.

Seguirono urla, improperi, insulti, minacce, telefonate, scandali, aggressioni. Dovette arrivare il direttore del Pronto Soccorso, un uomo magrissimo e ingobbito che non si capacitava. Maria Antonietta minacciava di relazionare al Prefetto, al presidente della ASL, al presidente della Regione, al professor Migliorini, e a tutti quelli che conosceva.

La faccenda lentamente si chiarì, col nome di Antonio Maria Cotroneo era stato ricoverato un paziente che non era lui.

«La cosa non finisce qui, miei cari signori!» replicò il commissario Salvatores, anche se era sicura che l'errore di persona non fosse stato determinato dal caso, ma da una astuta manovra del marito.

Antonio Maria nel tardo pomeriggio, grazie anche alle pressioni del commissario sua moglie, fu dimesso dal Pronto Soccorso. Si era trattato di un malore, ma le analisi non facevano pensare a niente di grave. Riposo, riposo, il soggetto pareva solo un po' stressato, e poi, dati i pregressi... Ma il cuore era a posto.

Il paziente non sarebbe stato dello stesso parere.

Quella sera Antonio Maria riuscì a organizzare la cena, nonostante tutto. Scongelò il ragù nel forno a microonde e scelse le tagliatelle all'uovo, che richiedono poco tempo per la cottura, di secondo organizzò una frittata con i carciofi, per fortuna ne erano avanzati il giorno precedente. In effetti era rimasto anche molto bollito misto, ma con quello contava di preparare le polpette, il giorno dopo.

Durante la cena Maria Antonietta fu stranamente silenziosa, solo al caffè si decise a parlare:

«E allora, caro, mi vorresti raccontare che cosa esattamente ti è accaduto oggi?».

«Cara, lo sai bene, mi sono sentito male, e ho chiamato il 118, non mi reggevo in piedi. Ho provato a chiamarti in ufficio, ma tu eri al penitenziario».

«È vero, questo risulta, ma ciò avveniva intorno alle 12, 12.15. Mi spiegheresti come mai alle 15.15 tu ti trovavi in una filiale dell'Unicredit, dopo essere scappato dall'ambulanza che ti portava al Pronto Soccorso?».

«Ah, Ietta, te lo giuro, non mi ricordo, ho perso i sensi».

«I sensi te li faccio perdere io, lurida canaglia! Credi che sia così idiota da non capire qual era il tuo piano? E perché ti eri vestito di tutto punto, con la camicia bianca con i gemelli?».

«Ma cara, quale piano, non c'era nessun piano».

Antonio Maria si abbandonò sulla sedia, come se gli avessero sfilato la spina dorsale. Venne fuori con una richiesta inaudita: «Ti dispiace, Maria, se fumo una sigaretta?». Maria Antonietta trasecolò. Nelle sue condizioni di salute voleva fumarsi una sigaretta? Era veramente impazzito?

«Tu lo sai, vero, che tutta la casa, internamente ed esternamente, è sorvegliata da telecamere? E che in questura possiamo controllare minuto per minuto tutto ciò che avviene, chi entra e chi esce?».

Lui non replicò, che avrebbe potuto dire?

«Così sei andato a farti una girata? Eh? Ma non lo sai che nelle tue condizioni può essere pericoloso?... Hai provato ad andartene e non ci sei riuscito, vero? Senti, so che la tentazione l'hai avuta altre volte, ma ho sempre chiuso un occhio. Ma adesso come faccio a chiuderlo? Non basta più la cella di rigore?... Io non so più che fare con te. Sei malato, hai bisogno di assistenza continua, io mi rovino la vita, ma tu sei veramente incorreggibile».

Lo accompagnò alla cella di rigore.

«Vai, entra, e fa' che non ti veda per i prossimi giorni, portati quello che ti serve per bere e mangiare, e le medicine. Io di te non voglio sapere neanche che esisti. E poi sapessi che giornata ho avuto... ah, già, ma a te di queste cose cosa importa? Tu non mi ami più, questo è sicuro. E io che per te...».

15

La pena sanzionata fu di sette giorni di cella di rigore, poi ridotti a cinque per un innato senso di clemenza di Maria Antonietta, che in quei giorni non era in casa, era a Salerno, ufficialmente per un convegno, ma chi lo sa.

Nonostante non ci fosse nessuno a sorvegliarlo, Antonio Maria rispettò rigorosamente i termini della punizione, quella sapeva e vedeva tutto. Ne uscì stravolto, ma in qualche maniera galvanizzato. In lui prese piede, stranamente, un senso di rabbia che mai aveva provato, e che lo impressionava. Anche perché i suoi pensieri non si trasformavano, come di solito accadeva, in un'ansia insopprimibile per le possibili conseguenze. Che cosa avrei mai da perdere?

Ma sui pensieri orribili che gli circolavano per la mente forse è meglio per il momento stendere il cosiddetto velo pietoso: in fondo era in una situazione di piena alienazione mentale, lo si poteva colpevolizzare per l'atrocità di qualcosa che altro non erano che pensieri?

16

Alla mattina di solito Antonio Maria leggeva il giornale del giorno precedente. Questa volta in prima pagina c'era sua moglie che faceva dichiarazioni sul caso della bella avvocatessa uccisa: alla vicenda erano dedicate ben quattro pagine perché il caso pareva molto intricato, appetitoso e glamour.

La signora era stata uccisa con 23 pugnalate, tipico segno di un delitto passionale. Tradimenti? Gelosia? Beh, pareva proprio di sì, ma non tanto da parte del marito, il quale risultava stravolto, ignaro di tutto e aveva un alibi di ferro. In realtà la questione vera e propria riguardava le amanti. Non del marito, della signora uccisa. Una donna si era presentata agli inquirenti di sua spontanea volontà, dichiarando che sì, fra lei e la vittima c'era una relazione sentimentale, ma che lei era estranea ai fatti criminosi. Piuttosto dava l'indicazione di un'altra donna, l'amante «storica» dell'avvocato, per meglio dire la precedente, o l'ex che dir si voglia. Secondo lei era lì che bisognava indagare, perché quella donna, gelosissima, delusa e amareggiata, era anche vendicativa. Il caso era già succulento così, ma di amanti ne uscì fuori una terza, molto giovane, la quale interrogata aveva dichiarato che con Marina (questo era il nome dell'avvocato ucciso) aveva solo incontri occasionali di puro sesso, nessun coinvolgimento sentimentale.

E quindi di amanti ce n'erano tre, un bel grattacapo per il commissario Salvatores. Al proposito Maria Antonietta non rilasciò dichiarazioni, comunque erano trapelate molte voci. Che ci fossero stati pesanti litigi fra Marina e le tre, per motivi vari, e che ciascuna potesse avere un movente valido, dalla gelosia all'insoddisfazione per certi regalucci, alla impossibilità di fare una vacanza insieme.

Improvvisamente suonò il campanello. Antonio Maria si irrigidì, sapeva che i fornitori venivano la mattina presto, con un segnale convenuto, di solito era Maria Antonietta ad aprire la porta e a controllare la consegna. In sua assenza la parola d'ordine era «Guatemala».

«Chi è? Parola d'ordine».

«Pubblica Sicurezza».

«Si qualifichi meglio, io non posso aprire a nessuno».

«Sono Gianni, signor Cotroneo, ci faccia salire».

L'agente Gianni Maioli salì, insieme a un suo collega.

«Ci deve scusare, dottore, ma siamo venuti qui per bonificare l'appartamento, dobbiamo controllare tutto».

Oddio, che era successo? Maria Antonietta aveva scoperto qualche cosa? Sapeva tutto della faccenda della cassapanca? No, il problema non era quello.

Il problema era che al mattino, mentre entrava in questura, il commissario Salvatores era stata vittima di un vero e proprio attentato: dalla distanza le avevano sparato tre colpi di arma da fuoco, per fortuna non andati a segno, ma la sorveglianza andava aumentata.

«È un bel problema, signor Antonio Maria, il nostro è un mestiere pericoloso, e in particolare quello della sua signora. Lei se ne vive in casa tranquillo, lontano da ogni pericolo, ma se venissero qui?».

L'attentatore era riuscito a sfuggire, non si sapeva chi fosse, ma si nutrivano forti sospetti che si trattasse di Costa Santuzzo, che con la signora commissario aveva un conto in sospeso.

Mentre gli uomini della PS controllavano tutta la casa, porte, finestre, telecamere, misero anche a soqquadro la cucina che poi qualcuno, facciamo un nome a caso, avrebbe dovuto rimettere in ordine. Antonio Maria cominciò a riflettere sulla pericolosità del mestiere di sua moglie.

Era la prima volta che si insinuava in lui inconsciamente un pensiero, vale a dire che c'era una persona, almeno una, che desiderava sua moglie morta. Ma era una sola? Quante altre ce ne potevano essere?

Durante il corso della bonifica Antonio se ne restò seduto sulla sua poltrona lasciando correre i pensieri. Che sarebbe successo se il tiratore non avesse sbagliato mira? «IL COMMISSARIO MARIA ANTONIETTA SALVATORES UCCISA NEL CORSO DI UNA INCHIESTA». «NELLO SCONTRO A FUOCO RIMANE UCCISO ANCHE L'ASSASSINO», oppure viceversa «NESSUNA TRACCIA DELL'ASSASSINO», oppure... C'era da immaginarsi che alcuni colleghi di Maria Antonietta si sarebbero presentati a casa, suonando il campanello come avevano fatto Gianni e l'altro agente, e una volta entrati gli avrebbero chiesto di sedersi, perché dovevano comunicargli una notizia non buona. E con gran costernazione gli avrebbero fatto sapere che purtroppo il commissario Salvatores si era immolata sull'altare del Servizio e del mantenimento dell'Ordine e della Giustizia.

Antonio Maria questa scena se la vedeva davanti nei particolari, senza difficoltà, quello che non riusciva a visualizzare era ciò che sarebbe successo dopo. Chi si sarebbe occupato di lui? Ma in fondo non c'era mica tutto questo bisogno: nonostante la malattia lui stava sempre solo, si occupava degli affari di casa. Non usciva mai, ma forse, di necessità virtù, avrebbe potuto o dovuto ricominciare a uscire. E i soldi? Di che avrebbe vissuto? Mah, si sarebbe visto, e poi non c'erano forse questi famigerati fondi che Maria Antonietta aveva messo da parte per il calvario della vecchiaia del marito?

E inoltre avrebbe goduto della pensione spettante al commissario, soprattutto se la sua scomparsa fosse stata attribuita a motivi di servizio.

Si immaginava nel grande appartamento vuoto, alle otto di sera, dopo una cena frugale... sarebbe tornato a essere il padrone di casa, in fondo l'appartamento era intestato a lui, ne sarebbe potuto uscire a suo piacimento, nel pomeriggio, a fare una breve passeggiata, oppure andare al cinema, che una volta lo entusiasmava così tanto. Lui solo in casa, senza l'incubo del ritorno della sua aguzzina, lui in grado di firmare assegni, di andare al supermercato, di passeggiare in mezzo a uliveti fuori mano, in collina. Lui che dava una carezzina a un cane incontrato per strada, lui che tornava a svolgere ufficialmente la sua professione, in un atelier oppure anche in casa, avrebbe potuto trasformare certi locali in laboratorio sartoriale artigianale, non gli sarebbe importato molto che l'attività fosse poco redditizia.

Gli agenti bussarono alla porta della stanza di Antonio Maria proprio mentre lui si immaginava che cosa avrebbe potuto indossare al funerale ufficiale della moglie, con la bandiera italiana sulla bara.

«Dottore, noi abbiamo finito, tutto a posto, ma si ricordi di non toccare mai quella centralina lì, ci sono tutti i sistemi di allarme e i cavi delle telecamere».

Antonio salutò gli agenti distrattamente, perché c'era un altro aspetto che non poteva non considerare.

Se le fosse capitato qualcosa, diciamo se qualcuno avesse tentato di ucciderla, nessuno si sarebbe sorpreso né avrebbe pensato a chissà quale delitto familiare: il sospettato o meglio i sospettati c'erano già, erano pronti, nessuno avrebbe seguito altre piste.

Ma questi pensieri in lui non presero una forma, gli vagavano per la testa e si nascosero da qualche parte.

Più che altro temeva per la serata: chissà in quale stato d'animo Maria sarebbe tornata a casa dopo l'attentato. Un minimo sgarro e partiva un'altra volta la cella di rigore. Ma è colpa mia se qualcuno la vuole morta?

17

La sera Maria Antonietta era tutta eccitata, ma non a causa dell'attentato subito. Non pareva particolarmente impressionata, né impaurita.

Si sedette a tavola a dir poco infervorata.

«Caro Antonio Maria, tua moglie ha avuto un'idea geniale. Il nostro agente Sciarra, qui presente, non lo conosce nessuno. E allora so io come infiltrarlo. Ne faremo un tatuatore provetto, metterà su in un luogo strategico una piccola bottega dove si eseguono tatuaggi, tanto passano tutti di lì, certi tipi di persone, e colui che esegue i tatuaggi trascorre un sacco di tempo con questi criminali, che si confidano, raccontano, parlano. E Sciarra ha un'ottima mano, è un bravo disegnatore, vedi che serve avere dei curricula precisi? Chi me lo diceva a me che Sciarra a scuola è sempre andato bene a disegno, se non lo trovavo scritto sul suo curriculum?... In questi giorni sta facendo pratica di nascosto da Boris, che è uno dei migliori tatuatori della città. Ha già una nuova identità, comprensiva di quattro anni passati a Poggioreale. Gli abbiamo trovato un fondo perfetto, sul retro c'è un cucinotto e una cameretta dove lui abiterà. Sei contento, vero, agente Sciarra?».

Questo non lo sembrava moltissimo, ma era obbligato a far buon viso a cattiva sorte.

«Il problema, come al solito, è che a Sciarra non basta avere la dotazione e le lezioni teoriche. Deve fare pratica in vivo».

Antonio Maria aveva già capito dove si sarebbe andati a parare. Su quale pelle l'agente Sciarra avrebbe dovuto fare pratica della tecnica del tatuaggio?

«No, Maria Antonietta, i tatuaggi no».

«Ma come? A parte che non ho detto niente, nessuno ti ha chiesto niente, esponevo soltanto un problema pratico. E poi non mi hai sempre detto che i tatuaggi ti piacevano? Non ti piacerebbe averne uno?».

«No, non l'ho mai detto, lontanissimo dall'averlo mai affermato, i tatuaggi non li sopporto».

«Ma va là, che ti piacciono. Tutti gli uomini veri vogliono avere dei tatuaggi. Ah, vabbè, è vero che tu, in quanto a uomo vero... ti capisco... ma in fondo, che ti costerebbe? Non li vedrebbe mica nessuno. Tanto a te, nudo, chi ti guarda? Non ti piacerebbe un bel fascio littorio sulla schiena, oppure la faccia del Che Guevara sul pube? Che ne pensi, Sciarra? Da qualche parte dovrai pure esercitarti, e ti devi specializzare in alcune simbologie, quelle che piacciono a certi personaggi cui stiamo dietro, no?».

«No, Maria Antonietta, mi rifiuto categoricamente. Con le punture è andata come è andata, ma i tatuaggi no, quelli poi rimangono, e sono dolorosi a farsi».

«Ma come, non ti fa piacere l'idea che la prossima volta che vai in ospedale l'infermiera quando ti spoglia scoprirà che sei un uomo come si deve? Potrebbe essere una vera svolta per te, non ci hai mai pensato? Tutti quelli che si fanno i tatuaggi pensano che con essi suggellano un cambiamento nella loro vita».

«Ma non è vero, è una balla grossa come una casa».

«E tu che ne sai? Ci hai mai provato? Sei come i bambini che non vogliono assaggiare un piatto che non hanno mai mangiato. Come fanno a sapere che non gli piace?».

Antonio cominciò a sparecchiare, tanto sapeva che non aveva scampo. Ma un tatuaggio nazifascista no, almeno sul tema poteva avere voce in capitolo?

«Ne riparleremo, tanto Sciarra per i prossimi giorni è occupatissimo da Boris, poi vedremo, vero Sciarra?».

Antonio Maria, mentre riordinava la sala da pranzo, pensò che doveva dare un'accelerata ai suoi abbozzi di progetto, e definirli prima di essere ulteriormente vittimizzato dagli aghi del tatuatore in erba.

18

Se in quei giorni travagliati Antonio Maria aveva avuto tutto il tempo di pensare al suo destino e a quello altrui, e l'attentato a Maria Antonietta gli aveva illuminato altri orizzonti, la faccenda dei tatuaggi era giunta come la goccia che fa traboccare il vaso.

Non sono io quello che deve andarsene, è LEI che deve andarsene.

Antonio Maria comprendeva perfettamente la gravità della sua considerazione. Ma LEI non se ne sarebbe mai andata di sua spontanea volontà, bisognava che il destino o qualcun altro influenzasse il corso degli eventi.

Aspettare che fosse il destino a dargli una mano, cioè aspettarsi che Maria Antonietta perisse in un altro scontro a fuoco, era vano. Se il fato avesse voluto collaborare avrebbe guidato meglio la mano dello sparatore. Purtroppo non poteva sperare nel caso, il destino andava un po' indirizzato, messo nelle condizioni di operare.

Ma quali mezzi aveva lui per forzare la situazione? Se non riusciva nemmeno ad allontanarsi dalla sua prigione, come avrebbe mai potuto anche solo pensare che a Maria Antonietta succedesse qualcosa che la allontanasse da lui? E che la allontanasse per sempre?

Non ho speranze, perderò sempre, come il coyote.

Accese la televisione, sul canale privato che replicava all'infinito i suoi cartoni preferiti. E qui avvenne l'impensabile. Il coyote insegue forsennatamente Beep-Beep, va a finire contro una roccia, ara il terreno con il muso, le solite cose. Ma dopo... riesce a intrappolare lo struzzo sotto una pentola, ci infila un candelotto acceso dentro e aspetta l'eplosione. Boom! E adesso che succederà? Lo struzzo riapparirà da qualche altra parte, vivo e vegeto, mentre il coyote risulterà tutto bruciacchiato, col fumino nero sopra la testa? No, non andò così. Antonio Maria non poteva credere a quello che vedeva.

Il coyote si cucina lo struzzo in forno e se lo mangia. Possibile? Ok, adesso capiremo cosa è successo, e tutto tornerà come prima. Ma no, la puntata terminò a quel punto. Proprio così.

Potrebbe sembrare una cosa da nulla, ma la visione di questo cartone destabilizzò Antonio Maria, lo scosse fin dalle fondamenta. Allora, forse... almeno una volta... non è detto che...

Ho visto bene? Possibile? Che sia un segno del destino?

I suoi pensieri e volizioni assunsero contorni inviluppati e gravi.

Si mise a spulciare dei vecchi quotidiani, cercava spunti creativi: donne misteriosamente scomparse e rinvenute morte in certe boscaglie a distanza di mesi; donne trovate uccise all'interno delle pareti domestiche, senza un indizio; donne torturate a morte da maniaci sconosciuti venuti da fuori.

Questo era il punto saliente, lui non aveva voglia di finire in carcere. Oddio, in fondo non ci sarebbe stata molta differenza, e per di più la cella di rigore sarebbe stata di sicuro più accogliente di quella che conosceva. Però in casa aveva le sue comodità, e piano piano... Ma bisognava stabilire un progetto efficace in modo tale da non essere incolpato, quindi far ricadere la responsabilità su qualcun altro, conosciuto o sconosciuto che fosse.

D'altronde, quante erano le persone che avrebbero avuto interesse, o anche soltanto soddisfazione, a vederla morta? Un bel po', compresi diversi suoi colleghi, e non solo a causa del suo caratteraccio.

Era sotto gli occhi di tutti: lei era riuscita ad assicurarsi una posizione privilegiata nella Pubblica Sicurezza, in cui esercitava il suo ruolo, la sua alta carica, senza quasi muoversi dall'ufficio. Di questo risultato c'era da darle merito, ma grazie al marito gravemente ammalato, e alle altre circostanze, a lei il lavoro sporco non toccava mai. E così era riuscita a imporre i suoi orari, una scorta notturna di agenti di sua scelta eccetera.

E se ne vantava anche! Si faceva beffe dei suoi sottoposti, che manovrava dalla sua postazione di comando, recandosi sui luoghi del crimine solo se la cosa poteva trasformarsi in un vantaggio per lei. E anche nel mondo dei pregiudicati di nemici ne doveva avere parecchi, per esempio quell'evaso, e altri a piede libero che le davano qualche preoccupazione, tanto da chiedere un rinforzo della sua scorta.

Antonio Maria arrivò a una conclusione semplice: doveva organizzare le cose in modo tale che risultasse plausibile che l'omicidio fosse opera di uno di questi criminali, qualcuno che con Maria Antonietta aveva un pesante conto in sospeso. Si mise nei panni di Costa Santuzzo. Come aiutarlo?

Queste determinazioni, qui riassunte in poche righe, gli richiesero lunghissime sedute di riflessione, di pensamenti e ripensamenti, di atroci dubbi, di terrore vero e proprio – e se mi scopre, che ne sarà di me? –, di abbandono alla sfiducia. No, non ce la farò mai. Oppure di improvvise svolte ottimistiche. Sì che ce la posso fare.

E un giorno, molto prima di quanto lui avesse programmato, gli eventi casuali gli presentarono un'occasione. Lui decise fermamente di non lasciarsela sfuggire.

Si trattava di due polli. Non più viventi, ma ancora da spennare. Un presente vecchia maniera che qualcuno aveva deciso di offrire a Maria Antonietta, chissà per quale favore ricevuto, lei che non ne faceva mai.

Un garzone si presentò alla porta.

«Parola d'ordine».

«Guatemala».

Consegnò i due polli: «Sono per il commissario».

«Ma da parte di chi vengono?».

«Il commissario lo sa».

19

Quale migliore occasione?

I polli venivano da un mittente misterioso, e pur se secondo il garzone la fonte era conosciuta, poteva anche essere un trucco, semplice, goffo, ma che differenza faceva?

La sera Antonio Maria sondò il terreno, mentre serviva alla moglie e a Sciarra porzioni abbondanti di lasagne al ragù.

«Oggi hanno portato due polli, con penne e tutto, il garzone ha detto che tu sapevi da parte di chi sono stati omaggiati».

«Due polli, ma che sono io, l'avvocato Azzeccagarbugli?». Tronfia della citazione dotta Maria sghignazzava insieme a Sciarra che non aveva capito niente.

«Bene, allora domani pollo!».

«Ma sono da spennare, io non ho mai spennato un pollo in vita mia» recitò vittimisticamente Antonio, ben consapevole che ormai era fatta. C'era anche un testimone, Sciarra sapeva che quei polli li aveva mandati qualcuno da fuori, ma chi?

«E che ci vuole? Ti mostro io come si fa. Però fallo sul terrazzino, se no sporchi tutto. E poi ricordati i polli di passarli sulla fiamma, per bruciare i peli rimasti, ma tua nonna non ti ha insegnato niente?».

«Ti va bene se lo faccio al curry?».

«Uhmmm. Ottima idea, mi piace il pollo al curry, e a te piace?» chiese allo stallone Sciarra, che il pollo al curry non l'aveva mai assaggiato.

«Come no» rispose, ma nel frattempo Maria Antonietta aveva già cominciato a raccontare dell'ultima faccenda, quella dell'assessore all'urbanistica trovato morto nella casa di un trans.

«Ah, un vero guazzabuglio. E siamo sotto i riflettori. I giornali non parlano d'altro... ma qui il colpevole è reo confesso...».

Mentre il commissario parlava e parlava Antonio Maria, sparecchiando, rifletteva.

Nel pollo al curry eventuali odori o sapori strani sarebbero stati coperti dal piccante, a LEI piaceva il cibo piccante e molto speziato.

Occorreva un veleno potente, ma quello l'aveva già trovato, la solita stricnina, quella che c'è nel veleno per topi. Bastava ricavarne una dose mortale.

Il piano era bell'e fatto, i polli venivano dall'esterno, qualcuno, un contadinesco nemico del commissario, li aveva imbottiti di stricnina.

«E lei come fa a sapere che si tratta di stricnina?».

«Beh, io...».

Lo sapevo, lo sapevo, devo stare più attento, diceva a se stesso Antonio Maria, immaginandosi interrogatori stringenti dopo la morte della moglie.

«I polli sono stati consegnati da un garzone, io non

so da parte di chi venissero, mai mi sarei immaginato che fossero avvelenati».

«Ma lei non ha un'idea di chi avesse omaggiato questi polli?».

«No, veramente no, c'era un biglietto ma io non l'ho letto, l'ha letto solo Maria Antonietta, e non ha sospettato niente».

«Perché, secondo lei c'era qualcosa da sospettare?».

«Beh, viste le cose a posteriori... ma voi ci godete a torturare un marito che ha appena perso sua moglie...?».

«Mmhhmm, e chi lo ha preparato, intendo dire cucinato, il pollo?».

«Io, sono io che mi occupo della cucina, per la cena».

«E quale ricetta ha seguito?».

«Ho fatto il pollo al curry».

«Pollo al curry, strano, e perché non ha fatto il pollo arrosto? Lei di solito il pollo lo fa al curry?».

«No, era la prima volta».

«Ah, la prima volta. E perché?».

Ma no, ma no, che stupido, basta rispondere: «Io amo il pollo al curry, e anche mia moglie lo amava».

Antonio Maria si immaginava una fitta rete di domande. E alla fine predispose accuratamente anche tutte le risposte.

La mattina seguente sciolse il veleno per topi in un po' di acqua calda, poi mise il tutto sul fuoco e lo fece ritirare, come per restringere il brodo, elevando la concentrazione del veleno.

Poi si dedicò a spennare i polli, un lavoraccio ingrato e schifoso, le piume svolazzavano da tutte le parti e sembrava che gli andassero a occludere il gargarozzo. Come da manuale accese il fornello a gas e ci passò sopra le pelli irsute dei due pollastri, si diffuse quell'odore tipico di pelle e unghie bruciate, gli venne il voltastomaco, ma resistette, data l'importanza dell'operazione.

Recuperò una delle siringhe facenti parte della dotazione di Gianni, di cui in quel momento Antonio Maria provava un po' di nostalgia. Tutto sommato era una persona educata e sensibile, a differenza di quel buzzurro che adesso, con le stesse mansioni, circolava per casa.

Dunque iniettò la sostanza velenifera nelle cosce del pollo, tanto sapeva che Maria Antonietta prediligeva quella parte. Anzi, la iniettò anche nell'altro pollo, quello che avrebbe riposto in frigorifero. In caso di analisi investigative si sarebbe scoperto che entrambi i polli erano stati avvelenati, da parte di mani sconosciute ed esterne. E che ne sapeva lui?

Non solo, aveva rischiato la vita, ma per fortuna il pollo al curry a lui non piaceva.

Ma come non mi piaceva, se gli ho detto che «amo il pollo al curry»; bisogna che dica solo: «A Maria Antonietta piaceva tanto». Attenzione, per mille diavoli, attenzione!

La sera era quella giusta, lo stallone sarebbe arrivato più tardi del solito e a cena ci sarebbe stata solo LEI. A parte il fatto che ad Antonio Maria non sarebbe importato molto se anche quel coglione avesse mangiato il pollo e ci avesse, si scusi il gioco di parole, rimesso le penne anche lui. Ma sarebbe stata una complicazione inutile.

Così nel pomeriggio si dedicò alla preparazione del pollo, facendo ricorso al ricettario di un volumetto di cucina orientale. Disponeva di un grosso barattolo di curry, in casa da diverso tempo, e ben consapevole del fatto che queste misture di spezie svaniscono nel tempo, perdono di sapore e di mordente, ce ne mise una quantità industriale. Tanto a Maria piaceva, e più ce n'era e più si sarebbero coperti i sapori strani, anomali. D'altronde i topi non sono mica imbecilli, se sentono un sapore strano il veleno non lo mangiano, evidentemente la stricnina è abbastanza insapore.

Venne il momento della cena, era tutto pronto, Antonio Maria, pur in grande tensione, servì Maria Antonietta.

«Allora, Pupo, hai riflettuto sulla questione dei tatuaggi? Sei sempre irremovibile?». E intanto ridacchiava, sapendo che se c'era una qualità che suo marito non possedeva era quella di essere irremovibile.

«Ti vanno bene le cosce, come al solito?».

«Sì, dammele tutte e due, ma fammi assaggiare anche quell'aletta, che pare appetitosa».

Maria Antonietta, affamata, addentò l'ala di pollo e immediatamente ebbe una reazione violenta. Sputò quello che aveva messo in bocca e cominciò a sacramentare.

«Ma che ci hai messo in questo pollo, aargghh, mi vuoi ammazzare?».

Ammazzare? Ma come, è in grado di riconoscere il sapore della stricnina?

Lei andò in bagno a sciacquarsi la bocca.

«Si può sapere che ci hai messo?».

«Ci ho messo il curry, quello del barattolo, una dose abbondante, che sia andato a male?».

«Portami immediatamente il barattolo!».

Antonio Maria andò a prenderlo, tremante.

Maria controllò il curry.

«Ma tu sei scemo? Hai preparato il pollo al curry senza neanche assaggiarlo?».

Antonio Maria non ammise che dall'assaggiarlo se ne era guardato bene.

«Ma quel curry l'ho buttato via da tempo, non vedi che questo è peperoncino tritato? Ma non hai sentito l'odore, pezzo di cretino? Non ti sei chiesto perché non odorava di curry?».

In effetti un profumo strano nel corso della preparazione Antonio l'aveva percepito, ma non era arrivato a chiedersi perché.

«È il peperoncino calabrese che mi ha regalato un collega, ma è fortissimo, una puntina e sei morto, oddio, ho le labbra e la lingua che mi bruciano, pane, pane, dammi del pane».

Maria Antonietta era tutta rossa in volto, quel peperoncino doveva essere veramente forte.

«Butta via questa roba, non la si può mangiare, ma dove hai la testa? Mi vuoi veramente assassinare? E dire che questo pollo prometteva bene...».

Dopo una ventina di minuti Maria Antonietta si era ripresa.

«E adesso io che mangio? Madonna santa, mi spezzo le reni tutto il giorno, arrivo a casa con una fame da lupo, mi pregusto uno squisito pollo al curry, e tu ci metti dentro un peperoncino in grado di mandarmi all'altro mondo? Ma che ho fatto di male io nella mia vita?».

«Mah, c'era scritto curry...».

«Adesso vammi a preparare qualcos'altro, non so, due spaghetti aglio e olio, io intanto vado in camera, mi distendo un attimo e faccio due telefonate. Ci vediamo fra venti minuti circa, ti dovrebbero essere sufficienti a imbastire qualche cosa di decente da mangiare... Oddio, spaghetti aglio e olio... roba da studenti... ma che ho fatto per meritarmi questo?».

Mentre Maria Antonietta era in camera Antonio preparò gli spaghetti aglio olio e peperoncino. Era disperato. Ma possibile che mi vadano tutte male? Davanti a sé aveva la padella di pollo alla stricnina. Anche se il reato non si era verificato, era una prova. Lo buttò giù dalla finestra di cucina, che dava nel giardino dove aveva tentato di fuggire, e dove albergava quel cane di merda che gli aveva affibbiato morsi dolorosissimi.

«Mangiatelo te questo pollo» commentò Antonio Maria mentre scaricava la padella nella corte.

Nella foga buttò dalla finestra anche l'altro pollo, che ancora non era cucinato ma che conteneva nelle sue cosce una buona dose di stricnina. Sarà bene che mi sbrighi.

Alle 21 e 20 Antonio comunicò che gli spaghetti erano pronti. Nel frattempo arrivò anche l'agente Sciarra.

Maria Antonietta lo invitò a sedersi e a favorire, anche se il menù era un po' arrangiato.

«Spaghetti aglio e olio?» disse Sciarra, che fece un'espressione un po' perplessa. Ma come, questo è quello che mangio sempre.

«Tesoro, mi verseresti un po' di vino?».

Antonio Maria eseguì.

«A proposito, quei polli erano due, se non sbaglio. Allora domattina mando Sciarra in un posto che so io dove hanno dell'ottimo curry, così per la sera vediamo se riesci a farci assaggiare questa tua specialità».

Antonio Maria piombò nello sconforto. Il pollo? Ma se ho buttato via anche il secondo... Ah, che imbecille che sono... ma perché... avrei potuto tentare con l'altro... chi me lo impediva. E poi domani come faccio? Dove lo trovo un altro pollo? Potrei ordinarlo telefonicamente in polleria, ma i soldi? Non posso mica lasciarlo da pagare, lei lo verrebbe a sapere. E poi addio teoria del killer sconosciuto, in caso di indagini. Oh mamma mia, perché la vita mi sottopone a queste prove?

Nel corso della notte naturalmente Antonio Maria non riuscì a prendere sonno, anche perché, oltre a qualche saltuario «Vola via tempesta...» percepiva i terribili guaiti di quel cagnaccio, che nella corte stava rendendo l'anima a Dio.

Ritentare con la fuga?

20

Misteriosamente vedere quel cagnaccio che giù nel cortile si contorceva in orribili spasmi dette ad Antonio Maria una strana sensazione, non necessariamente di sofferenza condivisa. Non ne era dispiaciuto affatto, e anzi nel suo intimo avvertì in sé una forza che non si conosceva.

Allora ci può essere un rapporto fra qualcosa che io escogito e una conseguenza nel mondo esterno... Allora forse si tratta solo di pensarla meglio, di pensare bene... Il destino forse qualche volta si può anche distrarre, lasciarmi fare, lasciare che io...

Fu così che Antonio Maria trovò l'energia per non demordere, questa volta si giocava tutto, questa volta sarebbe stata quella decisiva. O Roma o morte, ripeteva a se stesso, anche se in fondo la città di Roma non c'entrava niente, ma era una metafora, aveva fatto il classico.

Cercò di mettersi nei panni del potenziale assassino di sua moglie e si immaginò le sue mosse. Però doveva tener conto anche di altre esigenze, e cioè che l'omicidio doveva svolgersi a casa sua, cioè di Maria Antonietta.

Diciamo dunque che l'eventuale assassino riesce a penetrare in casa del commissario, per attenderla e ucciderla. Come? Con una pistola, certamente. Ma io non ho una pistola, pensava Antonio, dunque la ucciderà in altro modo, procurandosi sul posto un oggetto contundente. Quello era già stato individuato, stava in salotto, era di bronzo e pesava oltre venticinque chili.

Diciamo, in astratto, che il killer sa dove vive il commissario, forse sa anche che in questa casa vive il marito gravemente ammalato. Questo può saperlo o non saperlo, ma in ogni caso il marito se lo troverà davanti.

Il killer può immaginare che la casa è videosorvegliata: Antonio Maria pensò di risolvere questo problema scassando la centralina delle telecamere, subito *prima* che Maria fosse di ritorno. Naturalmente il killer l'avrebbe potuta distruggere soltanto *dopo* essere entrato, e quindi, in teoria, il suo passaggio per l'ingresso e per il vano scale, o l'ascensore, sarebbe stato filmato. Ma chi sa, magari era passato da un'altra parte, come faccio a sapere tutto?

Il killer riesce a entrare scassinando facilmente la porta d'ingresso. Eh, no, pensò Antonio Maria, in questo modo mi toccherebbe simulare l'effrazione e non può accadere *prima* che torni Maria Antonietta, quindi dovrei farlo *dopo*, con tutte le cose che avrò da fare una volta che è stesa per terra.

No, diciamo che il killer suona semplicemente alla porta. E io che faccio, gli apro? Non posso. Ma facciamo che il killer dice di essere l'agente Gianni Maioli, come era successo qualche giorno prima. L'assassino non è uno sprovveduto, si è informato su nome e cognome dell'agente.

Ok, a questo punto il killer mette fuori combattimento il marito, lo lega in camera sua – occorrerà autolegarsi, pensava Antonio, ma aveva già un'idea in proposito – e aspetta il commissario. Non usa la pistola perché non vuole fare rumore. Trova in casa quello che fa per lui: una statua di bronzo. Con questa colpisce Maria Antonietta al suo rientro e si dà alla fuga. Dopo poco arrivano gli agenti che trovano il commissario Salvatores deceduta e il marito legato in camera.

Perfetto, non faceva una grinza. Solo che Antonio sapeva che non sarebbe mai riuscito a ucciderla con le sue mani, e tantomeno sollevando il pesantissimo oggetto contundente. Pertanto elaborò un piano complesso e ingegnoso affinché il commissario Salvatores risultasse colpita e la responsabilità ricadesse sul killer.

21

Con lo scaleo raggiunse un grosso gancio attaccato al soffitto del corridoio, era il vecchio supporto del lampadario, in grado di sostenere alcune decine di chili. Tale gancio era situato a un'altezza di metri 4,20 dal suolo. Eh, in quelle vecchie case borghesi i soffitti erano veramente alti. Allungandosi a più non posso, in cima allo scaleo, riuscì a far passare attraverso l'anello sul soffitto un cavetto di ferro ricoperto di gomma, il filo per i panni, sottratto momentaneamente allo stenditoio sul terrazzino. Adesso il problema era issare San Pietro Martire, quello con il coltellaccio infilato nella zucca, su, fino in cima, e poi bloccarlo lì, assicurando il cavo ad un aggancio solido. Solo il trascinarlo fin lì, con l'aiuto di un panno scivoloso, gli era costato cinque o sei camicie.

Provò ad eseguire l'operazione tirando il filo, ma non ne aveva le forze, la statua di bronzo non saliva al cielo, al massimo accennava un salterello di pochi centimetri. Mi ci vorrebbe un argano, o qualcosa del genere, dove trovarlo?

Gli mancava la forza, ma non l'ingegno. Andò a prendere il vecchio macinino da caffè, gli tolse il cassetto e apportò alcune modifiche, in modo da poter utilizzare la manovella per avvolgere il cavetto sul perno, come una sorta di martinetto. Naturalmente prima occorreva assicurare il macinino a una base solida e quella fortunatamente era già in loco: la cassapanca, che dai tempi del secondo tentativo di fuga era rimasta lì, nell'ingresso.

Dunque iniziò a lavorare di manovella, e come per miracolo, anche se lentamente, San Pietro Martire, peraltro a testa in giù, come il santo omonimo, quello con le chiavi, cominciò l'ascensione.

Con sforzi titanici, a costo di farsi venire le vesciche sulle mani e di cadere stremato, riuscì ad alzare la statua fin quasi al soffitto, e a quel punto bloccò il cavo da panni legandolo a una zampa della cassapanca. Ma questo fissaggio era solo provvisorio.

La cassapanca non parve essere particolarmente impressionata dai venticinque chili della statua, non si mosse di un millimetro.

Adesso il problema era come assicurare al suolo quel cavetto, in modo tale che quando la porta fosse stata aperta si sarebbe sbloccato il fermo e la statua sarebbe precipitata a terra, per meglio dire sulla testa di Maria Antonietta.

Sul pavimento era avvitato un perno rivestito di gomma, di quelli che si usano perché le porte non sbattano contro il muro, rovinando l'intonaco. Tolse la gomma e con estrema prudenza avvolse il cavo da panni sul perno. Come si sa l'avvolgimento di una corda su un perno regge parecchi chili, probabilmente per la legge dell'attrito radente infatti la statua non si mosse di un millimetro. Il capo libero del cavo lo assicurò a un chiodo, neanche tanto grosso, che aveva piantato sul pavimento, più o meno in corrispondenza di un punto che avrebbe raggiunto la porta una volta aperta di 90 gradi, anche meno, diciamo 75.

Chi avesse aperto la porta avrebbe scalzato il chiodo e il capo del cavo sarebbe stato libero. A quel punto, in breve tempo, la tensione, venticinque chili, mica uno, avrebbe avuto la meglio e la statua sarebbe crollata al suolo, cioè, si sperava, addosso a Maria Antonietta.

Questione di un attimo. Subito Antonio Maria avrebbe rimosso il cavo e il chiodo, magari facendoli sparire nella cassapanca. Risultato: un corpo senza vita e una statua pesantissima responsabile del misfatto.

Alibi? Io quella statua non riesco a sollevarla nemmeno di dieci centimetri. E comunque ero legato. Chi ti ha legato? Lo stesso energumeno che ha brandito la statua e l'ha scagliata sulla testa di mia moglie. Movente? Ignoto, ma il commissario aveva tanti nemici.

Guardò San Pietro Martire, che ostentava incredibile indifferenza nonostante una lama gli attraversasse il cranio. Trattandosi di un'ascia, la lama libera era rivolta verso il basso. E se si fosse conficcata anche nella testa di Maria? Brrr, gli venivano i brividi, ma ormai la cosa era fatta, non si poteva tornare indietro. Tutto era pronto.

Si chiuse in camera, erano le 17 e 20, Maria Antonietta di solito tornava fra le sei e le sei e mezzo. L'attesa fu snervante.

Ricapitolò la sequenza delle sue mosse. A cose fatte avrebbe dovuto far sparire le tracce, e poi legarsi alla sedia, come se ce lo avesse legato qualcun altro.

Che faccio, do una testata sul muro per rendere il tutto più realistico? No, basta che io riesca a legarmi a questa sedia, cosa che non è così facile come a dirsi. Aveva già preparato dei pezzi di stoffa robusta, realizzando una sorta di nodo scorsoio, che si chiudeva tirando le fasce.

Verso le 18, 18 e 10 Antonio udì un rumore, qualcuno armeggiava alla porta. Era lei? Era in anticipo? Meno male che aveva fatto le cose per tempo.

Ma perché ci mette tanto ad aprire, ma cosa c'è che non va con le chiavi, che abbia preso il mazzo sbagliato? Oddio, e se adesso LEI suona il campanello e fa andare me ad aprire?

Udì armeggiare ancora, finalmente il rumore della porta che si apriva e subito dopo un tonfo raccapricciante, come lo schiacciamento di un cranio, o di ossa, poi silenzio. Lasciò passare solo qualche minuto ancora, del resto il tempo stringeva, occorreva rimuovere il set omicida, funi e congegni, prendere a martellate la centralina delle telecamere e inscenare l'aggressione.

Si fece coraggio, non osava immaginarsi la testa maciullata della sua neo ex moglie, appoggiandosi ai muri riuscì a raggiungere il corridoio, ma non ad accendere la luce.

Nella semioscurità intravide un corpo per terra, in una pozza di sangue. Oddio, Maria Antonietta, che ti ho fatto?

Chiuse la porta, accese la luce e corse a dare una decina di colpi alla centralina elettronica del servizio di sicurezza, a sorpresa cominciò a suonare una sirena assordante. Rimosse il cavetto, il chiodo, rimise la gomma sul perno e poi trovò il coraggio di guardare.

Non si trattava di Maria Antonietta.

22

Alle ore venti, nell'appartamento, in mezzo a una quindicina di poliziotti il commissario Salvatores rivestiva i panni dell'eroina. Sì, perché era riuscita a neutralizzare un pericoloso criminale, evaso di recente dalla prigione, lanciandogli in testa, con una forza sovrumana, una statua di bronzo.

Quando Maria Antonietta era rientrata, poco prima delle sette, aveva trovato la serratura semiscassinata. Dall'interno non giungeva un rumore. Coraggiosamente, estratta la pistola dalla borsa aveva aperto la porta e si era trovata di fronte Costa Santuzzo, privo di sensi. In mezzo a molto sangue, accanto a suo marito in piena crisi di panico, piangente, mezzo morto.

Maria rapidamente aveva ricostruito gli eventi: il malfattore era riuscito a penetrare in casa ma Antonio Maria lo aveva steso con la statua.

«Ma come hai fatto a sollevarla, peserà trenta chili, e alzarla tanto da abbattergliela sulla testa! Incredibile! Dove hai trovato la forza, mio Dio?».

Antonio Maria, in trance catatonica, non era minimamente lusingato del suo presunto atto di eroismo, tutt'altro. Non solo aveva fallito miseramente il suo tentativo di affrancarsi dalla moglie, ma le aveva pure salvato la vita: se non avesse organizzato il suo piano a quest'ora forse Maria Antonietta sarebbe stata trucidata dal malfattore, che sicuramente aveva questa intenzione, infatti aveva un'arma con sé.

Viste le condizioni del marito, per comodità Maria modificò un po' la versione dei fatti: ufficialmente era stata lei ad afferrare la statua e a schiantarla sulla testa dell'evaso. «Non voglio che tu abbia noie da questa storia, ti porterebbero in questura, ti interrogherebbero, ecc. Non mi sembri nelle condizioni. Diciamo che tu eri in camera in stato di sedazione, e che non ti sei accorto di nulla». Oltre l'inganno la beffa.

Così Maria Antonietta si prese ancora una volta un merito: l'impresa era la sua, si era liberata con coraggio, forza e presenza di spirito di un nemico della società. Costui fra l'altro fu immediatamente portato all'infermeria del carcere. Le sue condizioni erano abbastanza gravi, nei pochi momenti di lucidità assicurava di non ricordarsi nulla.

Nei giorni successivi Antonio Maria pareva completamente stravolto, passò intere giornate a letto. Maria Antonietta ritenne che dipendesse dallo shock, l'intruso omicida, la crisi, il raptus che gli aveva permesso di aggredirlo con la forza della disperazione. Doveva essere stata un'esperienza veramente probante per il marito.

Al quale ci volle più di una settimana per riprendersi. Il commissario Salvatores, impegnatissima come al solito e reduce dal suo ennesimo trionfo sul male, enfatizzato da stampa e canali televisivi, non si era dimenticata la questione dei tatuaggi. Pensava che per Pupo potessero costituire un diversivo.

23

Un pomeriggio Sciarra arrivò presto, con tutta l'attrezzatura: doveva eseguire un tatuaggio sulla schiena di Antonio Maria.

A quello mancò il respiro solo alla vista della macchinetta a bobine.

«Ma fa male?».

«Dottore, bisogna sfatare il mito che il tatuaggio è doloroso, dà solo un po' di fastidio, d'altra parte per le cose belle un po' bisogna soffrire».

Ma allora anche Sciarra era un sadico alla Mengele? Ci aveva preso gusto?

«Le eseguirò un disegno classico, appena appena rivisitato in stile moderno, sto cercando di raggiungere una mia "cifra" personale, sa? Lo faremo sulla schiena, è il posto dove fa meno male».

«Allora è vero che fa male?».

«Ma no, ma no, sono aghi microscopici, vede? Inoltre lo facciamo monocromatico, è molto più semplice e meno fastidioso».

«Ma che cosa mi disegna?».

«Ah, questo non posso dirglielo, il commissario mi ha ordinato che per lei deve essere una sorpresa».

«Una sorpresa?».

Antonio Maria aveva deciso di tenere duro e di non sollevare problemi. Non voleva in nessun modo che i suoi piani d'azione potessero fallire perché lui non si comportava rettamente. Doveva dare l'impressione di essere completamente prono a ogni decisione e ordine, rigare diritto, e in quel momento altre giornate di cella di rigore avrebbero rovinato tutto. Dunque si tolse la camicia e la canottiera e si mise a sedere sul panchetto del bagno.

«A sedere o sdraiato?».

«No no, va benissimo così, cominciamo?».

Fin dalla prima micropuntura Antonio Maria capì che si trattava di una vera e propria tortura, una pratica dolorosissima, gli veniva da piangere.

«Ahia» diceva.

«Stia tranquillo, dottore, ci si fa presto l'abitudine. E non si muova, mi raccomando, che poi sbaglio. Deve venire bene, dopo facciamo le fotografie e le metto nel catalogo. Se viene male non serve a niente, e allora gliene devo fare un altro, magari sul petto, o sul collo, che fa molto più male».

La vittima avrebbe voluto morire seduta stante. Provava un dolore infernale, insopportabile. Probabilmente la sua soglia del dolore era un po' bassa, sta di fatto che durante la seduta avrebbe confessato qualsiasi cosa, anche che aveva mangiato sua madre e suo padre a morsi, ma a Sciarra sembrava non importare niente, lui andava avanti.

Per ore e ore il tatuatore imperversò. La seconda parte del tatuaggio fu eseguita sul letto: Antonio Maria voleva mettersi a pancia in giù e Sciarra, del tutto infervorato, acconsentì. «Stia tranquillo, dottore, siamo a buon punto».

La cavia perdeva i sensi ogni cinque minuti.

A lavoro terminato Antonio si riprese per l'ennesima volta, non aveva idea di quanto tempo fosse passato, non sapeva neanche se era vivo o morto.

«Dottore, abbiamo finito, è contento? Non mi dica che ha sentito male perché non ci credo. E poi l'ho visto, se ne è stato bello tranquillo, sembrava che dormisse. Ad averne di clienti come lei».

Sciarra ragionava già in termini di clienti. Era diventato pazzo? Solo perché volevano infiltrarlo in un certo giro?

«Adesso è un po' gonfio e c'è qualche goccia di sangue, ma è venuto molto bello, sa? Mi creda, se andasse da Boris a farselo fare non le costerebbe meno di 500 euro, è perfetto, a parte qualche piccola sbavatura, perché lei non stava fermo, vuole vederlo? Usi questo specchio».

Antonio si pose di fronte allo specchio del bagno, si mise in tralice per guardarsi la schiena. Il tatuaggio non era così grande, sarà stato non più di venti centimetri di larghezza, per altrettanti di altezza. Rappresentava un'aquila imperiale stilizzata, in stile un po' maori, che con le zampe tratteneva un disco, all'interno del quale campeggiava una svastica.

«Una svastica? Ma lei è pazzo, mi ha segnato per la vita!».

«La svastica? Porta fortuna, lo sa? Me l'ha spiegato Boris, prima che i nazisti lo adottassero come simbolo, la svastica era un portafortuna, come la zampetta di coniglio o il corno di corallo...».

Comunque dopo aver visto il tatuaggio Antonio Maria perse i sensi un'altra volta.

Quando rinvenne Sciarra non era più in bagno, e la cavia poté osservare meglio allo specchio il risultato del lavoro. Il disegno tutto sommato era ben eseguito, pur essendo orribile nei contenuti. Antonio Maria si rimirò utilizzando lo specchietto circolare che usava per farsi la barba. Continuava a guardarsi e, insospettabilmente, la cosa non suscitava in lui l'ovvia repulsione, anzi, la vista produsse una reazione impensabile, come se quell'immagine deleteria potesse rappresentare la conferma di un cambiamento avvenuto: si ritrovò addosso maggiore spregiudicatezza e convinzione. Se ho retto a questa prova posso reggere a tutto. E poi, volente o nolente, quella terribile aquila, cattivissima, gli infondeva qualche forza in più.

Maria Antonietta arrivò tutta trafelata dopo una mezz'ora.

«Com'è andato il tatuaggio?».

«Benissimo» rispose Sciarra, che era assai orgoglioso. «Lo vuole vedere? La pelle è ancora un po' gonfia e arrossata, il vero risultato lo potremo vedere fra qualche giorno, ma insomma...».

«Dai Pupo, fammi vedere».

Antonio Maria si tolse la canottiera e si voltò.

«Ma è bellissimo, è venuto proprio bene, perfetto!».

Lui non la vedeva alla stessa maniera, ma oramai, cosa valeva protestare o sollevare obiezioni.

Si immaginava il giorno dopo la sua morte, quando gli operatori delle pompe funebri l'avrebbero ricomposto e avrebbero trovato il tatuaggio nazista. Chissà cosa avrebbero pensato di lui... ma tanto...

Alle otto e venti Antonio Maria servì in tavola una paella surgelata non avendo avuto il tempo di cucinare. Fortunatamente Maria Antonietta era di buon umore, il che voleva dire che aveva risolto un caso, infatti prese a raccontare, dopo un bel bicchiere di Rosso di Montalcino.

«Ah, l'avevo detto, certa gente pensa che al posto del cervello abbiamo segatura! L'ho incastrato, quel deficiente... vi ricordate la faccenda dell'omicidio-suicidio, i due coniugi settantenni benestanti e benportanti? C'erano troppi elementi che non quadravano. Quei due stavano benissimo, non avevano problemi di salute e di soldi, non erano affatto depressi, contavano di campare altri trent'anni a testa, ve lo posso garantire. E lo sapete che non più di due giorni prima avevano prenotato una crociera nel Mediterraneo? Una crociera di dodici giorni, avevano anche versato una caparra di 1.500 euro. Secondo voi una coppia che vuole suicidarsi prenota una crociera? E paga la caparra?».

«Suona veramente strano» commentò Sciarra.

«La storia del "nn" sul messaggio di Facebook, ricordate?... La chiave era il messaggio su Facebook, e soprattutto che cominciasse con "nn", cioè "non" senza "o", che è roba da rinscemeniti trentenni da social. "Nn" non lo scrivono gli adolescenti, né gli anziani, lo scrivono i trentenni, o quelli che fanno finta di essere trentenni. Eh, no, quel messaggio l'aveva scritto qualcun altro, dal computer del vecchio... andiamo...».

«Perché, il colpevole è il figlio?».

«Nelle indagini non si dovrebbe fare così, ma sappiatelo, i bravi detective lo fanno tutti, capiscono a prima vista chi è il colpevole, e io quando ho visto il figlio l'ho pensato subito: è stato lui. Sapete quando le cose si acchiappano al volo? D'altronde non esiste un investigatore con i controcazzi che non usi l'intuito per beccare i criminali, il problema è dimostrarlo. E così è andata. Ah, quando l'ho visto... tutto mi è parso chiaro... In primis avreste dovuto vedere come si è presentato vestito al primo interrogatorio, che formalmente non era un interrogatorio ma che di fatto... giubbotto di pelle Cavalli e un paio di occhiali da sole Dolce e Gabbana grandi come televisori, e dire che quel giorno pioveva. Che se li fosse comprati apposta per quando sarebbe stato intervistato da tutte le televisioni d'Italia? Mi sono informata: li ha comprati esattamente il giorno prima dell'omicidio-suicidio. Ah, ho pensato, sei un bel coglione.

«Ho fatto indagini sul demente: trentotto anni, una casa di proprietà compratagli dai genitori, un negozio di articoli sportivi, apparentemente ben avviato, ma si sa, la crisi. E soprattutto una serie di abitudini molto costose. Il nostro viaggiava spesso in Slovenia, d'inverno a sciare e d'estate a villeggiare, ma in realtà andava in questi bordelli di altissimo livello che ci sono lì, con stangone dell'Est che ti prendono 5.000 a botta. Senza contare che questi alberghi hanno casinò e altri divertimenti. Tutti molto costosi. In questa paella manca un po' di sale, me lo passeresti, caro?».

Antonio Maria glielo passò.

«Ok, il personaggio andava definendosi, un quasi quarantenne viziato che spendeva dieci volte i soldi di cui disponeva. Secondo punto, i suoi genitori se la passavano bene. Terzo, lui era figlio unico... Ma qui arrivavano i problemi: come era riuscito il tipo a far fuori i vecchi facendo risultare che si erano ammazzati da soli? I referti del RIS sono precisi: il colpo è stato sparato dal morto, ed è stato lui a praticare l'iniezione alla moglie».

Iniezione? Il termine al tempo stesso ricordò qualcosa ad Antonio Maria e gli aprì nuovi orizzonti.

«Ma la soluzione alla fine è arrivata... non era poi così difficile... bastava invertire l'ordine dei fattori: prima il padre si è sparato in testa, ma perché? c'è da chiedersi. Poi il padre, o almeno le sue mani, hanno eseguito l'iniezione. Io da sola non ci sarei mai arrivata, è stato il figlio, quando ha confessato, che ce l'ha detto. L'ho fatto confessare a modo mio. Un gioco stupido, una specie di roulette russa. Il figlio che dice al padre, mentre bevono vodka, te sei un cagasotto, non avresti mai il coraggio di premere il grilletto, anche se nella pistola non ci sono proiettili. Guarda! E il figlio si punta la pistola alla tempia e preme il grilletto. Il padre, che si sente un dio, prende la pistola e preme il grilletto più volte: alla terza il colpo parte e addio... Lo sapete, ancora non ho capito se la cosa è nata per caso o se c'era un piano predeterminato... Vedendo il figlio sembrerebbe impossibile. Forse l'idea dell'omicidio-suicidio gli è venuta in corso d'opera. Chi lo sa...».

A quel punto Maria si stufò di raccontare, ormai per lei il caso era chiuso, la cena completata. «Sciarra, vieni? Ho avuto una giornata pesante». I due si ritirarono in camera, ad Antonio Maria non restava che sparecchiare e rimettere in ordine.

Tuttavia era rimasto parzialmente e sommessamente incuriosito: un omicidio-suicidio? L'abbinamento delle due parole suscitava in lui dei rivolgimenti, come un'equazione irrisolvibile.

24

Stava guardando l'ennesimo cartone animato, con il suo personaggio preferito, il coyote. In questa puntata l'eroe disperdeva per i canyon una quantità infinita di piccoli missili, che si rivolgevano irrimediabilmente contro di lui, esplodendogli in faccia.

Antonio Maria cercava di fare mente locale. Non è che poteva fare come il coyote, e ordinare all'ACME un kit per uccidere la moglie, doveva costruirselo per conto proprio.

Ma io di che cosa dispongo? Che cosa ho sotto mano? Solo i miei strumenti da sartoria, e con quelli dove posso arrivare?

Si ingegnò, ci pensò e ci ripensò, di nascosto realizzava col lapis dei disegni organizzativi, dove progettava i vari elementi.

E non era affatto facile – almeno lui non c'era abituato – ordire piani per eliminare la moglie che non indicassero lui come ovvio colpevole. Occorreva pensare a qualcosa che sembrasse un incidente, o simili. Scartò definitivamente l'ipotesi di un intervento esterno, un nemico venuto da lontano, era una strada che aveva già percorso, con i risultati che sappiamo.

E quindi non rimaneva che un'unica soluzione: se il colpevole della morte di Maria Antonietta non poteva essere lui né un terzo, chi altri poteva essere? Lei stessa.

Forse suggestionato dalle storie che gli raccontava la moglie, su suicidi inscenati ma che in realtà potevano essere omicidi, gli venne in mente l'ipotesi harakiri, come non averci pensato prima? Il harakiri è una delle forme più sicure e nobili di suicidio. Non fa rumore, e per praticarlo serve solo decisione e una lama ben affilata. Occorre infilarsi la lama nella pancia, e poi tirarla verso l'alto, per affettare gli intestini. Forse Maria avrebbe prodotto un grido, o un rantolo. Una guerriera come Maria Antonietta avrebbe sicuramente scelto un metodo del genere, ne avrebbe avuto il coraggio.

Bisognava pensare all'arma e alla dinamica dell'evento. Di spade non ne possedeva, disponeva solo di grosse forbici da sarto, quelle facili da smontare: le due parti, prese singolarmente, erano come coltelli affilati.

L'idea era questa: costruire un marchingegno che avrebbe condotto sua moglie a morte certa. Una volta determinatasi, lo avrebbe poi smontato e chiamato la polizia: avrebbe dichiarato che aveva trovato la moglie così, in quelle condizioni, con le mani al petto che stringevano una lama affilata, conficcata nelle viscere con forza indicibile. D'altronde così lei imparava a millantare la sua capacità di sollevare una statua da venticinque chili e di scagliarla sulla testa di qualcuno. Inoltre sull'arma del delitto le impronte del marito non ci sarebbero state, a questo bisognava fare molta attenzione.

Perché Maria Antonietta l'avrebbe fatto? Forse per il dispiacere di avere un marito così malato, o forse per altri motivi che sapeva lei.

Un biglietto di addio?

Antonio Maria affrontò la questione. Certamente non poteva vergarlo lui, a mano, però poteva dattiloscriverlo con la vecchia Olivetti, chiusa dentro l'armadio.

Ci provò, e a caratteri sbiaditi, non c'era più inchiostro nel nastro, venne fuori questo:

Pupo, ti ho amato tanto, ma non ti posso più vedere soffrire così. Addio per sempre. La tua Maria Antonietta.

Sembrava scritto vent'anni prima, anche perché Antonio Maria aveva utilizzato un foglio di carta ingiallita.

Ci crederanno? Riconosceranno il suo stile? Aveva qualche dubbio. E poi sulla macchina da scrivere avrebbero trovato le sue impronte, naturalmente! Stracciò il biglietto, poi lo bruciò sul gas in cucina e buttò le ceneri nel water. Mamma mia, stavo per farla proprio grossa!

Nel pomeriggio Antonio Maria allestì il marchingegno per fare una prova.

Inchiodò un paio di bretelle sotto il piano del tavolo, all'estremità vicina al posto dove normalmente sedeva Maria Antonietta. Tirò le bretelle fino all'altro capo tavola, con molta fatica riuscì a tenderle in modo da fissarle al gancio di bloccaggio che aveva predisposto. A questo punto stese un robusto filo che doveva servire da guida al proietto.

Finalmente pose, in corrispondenza della toppa di questa enorme fionda, la forbice, tenuta in posizione da due mollette da bucato, pronta a scattare. Aveva paura di quell'ordigno che aveva escogitato e realizzato, vedeva vibrare le bretelle in tensione, capaci di sviluppare una terribile energia potenziale, come un masso che sta per cadere sulla strada statale.

A questo punto si mise a lavorare all'innesco, il meccanismo che avrebbe liberato il gancio di bloccaggio, agendo come il grilletto di una balestra. Un'enorme balestra nascosta sotto il tavolo.

Legò al gancio un robusto pezzo di spago, al quale era assicurato un peso da un chilo e mezzo, a sua volta appoggiato su un supporto, che Antonio Maria realizzò sfruttando una scatola cilindrica di una bottiglia di whisky. Dunque il cilindro cartonato reggeva il peso da 1,5 kg. Bastava spostare tale cilindro di pochi centimetri perché non reggesse più il peso, che quindi scendendo verso il basso avrebbe sfilato il gancio di bloccaggio, scatenando la propulsione delle bretelle.

Antonio Maria escludeva (per motivi evidenti) di essere lui a tirare un calcetto alla scatola cilindrica. Applicò due forze ad essa, sempre tramite fili, d'altronde era l'unica materia di cui disponeva senza limiti.

Da una parte al tubo di cartone assicurò tramite filo un peso da un chilo, il filo da orizzontale diventava verticale girando intorno a un cavicchio di un'altra sedia. Dall'altra parte il tubo era tenuto da un altro filo, che era legato alla sedia di Maria Antonietta. Quando lei si sarebbe seduta avrebbe avvicinato la sedia al tavolo, come fanno tutti, spostandola in avanti di una quindicina di centimetri. A quel punto il filo collegato col tubo avrebbe cessato di fare da forza controbilanciante a quella del peso da un chilo, che sarebbe scivolato verso il basso, trascinando con sé il tubo, che avrebbe cessato di sostenere il peso da un chilo e mezzo. E dunque questo peso avrebbe tirato verso il basso il gancio di bloccaggio del vibrante proiettile. Questo sarebbe stato lanciato, e guidato verso il bersaglio dalla sicura corsia costituita dal robusto filo che Antonio utilizzava per fare gli orli.

Ci mise quasi due ore per preparare, controllare, verificare. A un certo punto sembrava tutto pronto... le bretelle erano tirate al parossismo, sembravano non aver intenzione di aspettare per esplodere tutta la loro energia e trasformarla da potenziale in attuale. Il cilindro di cartone restava immobile, tenuto fermo da due forze uguali e contrarie.

Adesso era venuto il momento di collaudare il dispositivo.

Ma, ammesso che tutto andasse secondo il piano, dove sarebbe finita la lama della forbice? Antonio prese l'asse da stiro che utilizzava abitualmente e lo dispose in verticale proprio davanti alla sedia di Maria Antonietta.

Con il gessetto da sarto accennò un disegno leggero sul piano di legno riproducendo in modo sommario un corpo umano, se così si poteva definire quello di sua moglie.

Infine si decise e, con estrema cautela, stando tutto spostato da una parte, mosse la sedia di Maria Antonietta in avanti e, a metà fra l'eccitazione e il terrore, vide che il filo collegato alla sedia aveva perso tensione. La reazione a catena fu rapidissima e violenta: il cilindro di cartone cadde in terra, il peso trascinò in basso l'innesco, la forbice partì a velocità mostruosa, mantenne una direzione rettilinea e si andò a conficcare per qualche centimetro dentro l'asse da stiro.

Se al posto di quella tavola di legno dello spessore di due centimetri ci fosse stata una fragile cassa toracica che cosa sarebbe successo?

Il disegno della sagoma antropomorfica era stato utile: la lama aveva colpito proprio in mezzo allo sterno, e se era penetrata così a fondo attraverso un legno spesso due centimetri, che effetti avrebbe prodotto su deboli ossa e cartilagini?

Antonio Maria era sbalordito della potenza del congegno che aveva costruito. Fece una faccia furba, quasi nascondendosi, e gli parve di udire una musica di archi, un accordo sulle tonalità più basse.

25

Eseguita la prova generale Antonio Maria rimontò il marchingegno con la massima cautela, rimise in trazione le bretelle, ripristinò l'innesco e ci fissò la forbice dopo averla accuratamente ripulita di tutte le sue impronte, riposizionò il cilindro, la confezione di whisky, i pesi e i fili.

Sapeva che quella sera Maria Antonietta sarebbe arrivata da sola, ormai erano giorni che Sciarra la raggiungeva dopo le dieci e mezzo, già cenato, a causa dei suoi impegni con Boris.

Stando molto attento a non toccare la sedia della moglie, le fece trovare la cena già in tavola, quella sera una spigola al forno con patate.

«Serviti pure che adesso ti raggiungo» disse Antonio, che non se la sentiva di assistere alla scena: «mi metto un attimo sul letto perché mi gira la testa».

«Grazie caro, riposati pure, permettimi di cominciare senza di te, ho una fame che non ci vedo».

Lui si rifugiò in camera, aspettando l'attimo chiave, in angoscia. Ogni secondo gli pareva durare anni, attendeva il momento in cui avrebbe sentito la sedia strisciare sul pavimento, e poi il rumore secco del proietto che raggiungeva l'obiettivo. Per qualche attimo ebbe anche un ripensamento, mamma mia, che sto facendo... ma ormai non si poteva tornare indietro, addio Maria Antonietta, addio...

Il rumore della sedia che si avvicinava al tavolo lo percepì, ma poi non successe altro. Sentiva il tintinnare delle posate, lei si dava da fare con la spigola, ebbe anche a commentare: «Bravo, veramente cotta a puntino, non vieni a mangiare anche tu?».

«Adesso arrivo».

Antonio Maria contava i secondi, in attesa che l'ordigno entrasse in azione. Ma poteva contare finché voleva, apparentemente qualche cosa nel meccanismo si era inceppato.

Dopo un quarto d'ora si decise e andò a verificare la situazione. Facendo finta di allacciarsi una scarpa controllò cosa stava succedendo sotto il tavolo.

Il cilindro di cartone era effettivamente caduto, il peso da 1,5 kg era sceso verso il basso, ma era rimasto appeso, senza riuscire a sbloccare il fermo: la lama era sempre lì pronta a scattare, vibrava, ma non partiva.

Antonio Maria era bianco come un cencio, avvertiva violente aritmie cardiache, contava le sue pulsazioni e allo stesso tempo i secondi che passavano.

«Hai veramente un brutto aspetto, Pupo, lo sai? Che ti succede oggi, ti sei stancato? Ah guarda, anch'io ho avuto una giornata... non ti sto a raccontare... Con quella storia dell'avvocatessa pugnalata... ah, ma sono vicina alla soluzione, lo sai, sto lavorando sul marito...

saresti così gentile da andarmi a prendere uno stuzzicadenti? Mi è rimasta una spina qui che...».

Lui chiuse gli occhi e si diresse verso la cucina. Sperava che il congegno si attivasse proprio in quel momento, non voleva essere presente nell'istante in cui... Gli pareva di sentire il rumore prodotto dalle bretelle in tensione...

Si fermò in cucina, in attesa, lasciò passare alcuni istanti.

«Allora, questo stuzzicadenti?».

Quando Antonio tornò in sala da pranzo lei si era già alzata, afferrò lo stuzzicadenti che il marito le porse tremando. Si avviò verso il salotto perché voleva vedere il telegiornale: «Sono proprio curiosa di sentire cosa dicono quegli stronzi... e sicuramente ci sarà un'intervista del marito inconsolabile... Ma io a quello...». Accese la TV, come al solito ad altissimo volume, cosa che normalmente urtava il sistema nervoso del marito, ma che in questa occasione si sarebbe dimostrata provvidenziale.

Come avrebbe fatto il coyote, Antonio Maria andò a controllare che cosa non aveva funzionato. Dette un colpetto sul tavolo: niente. Ne dette un altro un po' più forte: ancora niente. Esasperato si mise a muovere avanti e indietro la sedia di Maria: niente. Dette uno strattone al filo di collegamento fra la sedia e il cilindro cartonaceo. Ma cosa ho sbagliato? Eppure nella prova generale tutto aveva funzionato a meraviglia.

Dall'altra stanza Maria Antonietta chiedeva: «E di

dolce? C'è qualcosa di dolce? Finire con la bocca di pesce... Non c'è un dolcino?».

Antonio Maria non lo aveva preparato, pensava che non si sarebbe arrivati al momento del dessert.

«No, Maria, devi scusarmi, non ho preparato niente, ma se ti piace è rimasta della crema al limone da ieri, se vuoi te ne porto una porzione...».

«Vada per la crema al limone...».

Antonio si mise a sparecchiare, non sapeva cosa fare adesso, aveva in mano la padella con la seconda spigola, solo l'idea di mangiarsela gli faceva venire il voltastomaco, era in piena confusione, inciampò nel filo collegato alla sedia di Maria: la padella gli scivolò di mano, con un gesto istintivo cercò di recuperarla, la spigola se ne volò via. Ma mentre la spigola volteggiava in aria, si sentì un rumore secco, finalmente il fermo di stop aveva ceduto.

La lama partì di schianto e colpì il pesce in volo, trapassandolo facilmente, e inchiodandolo nello schienale imbottito della sedia di Maria Antonietta.

Era un'immagine suggestiva quella del branzino inchiodato sulla stoffa rigata, sembrava un'oscura simbologia di minaccia esoterica. Antonio Maria si sentì mancare.

Quando si riprese provò a estrarre la forbice da dove si era conficcata, ma le sue forze si erano esaurite. In quel momento arrivò LEI, che aveva sentito dei rumori, temeva che al marito fosse successo qualcosa. Lo trovò mentre stava armeggiando a una forbice che aveva infilzato nella sedia per attaccarci la spigola arrosto.

Maria Antonietta rimase molto impressionata da quella scena, suo marito aveva perso definitivamente la testa?

«Ma Pupo, che stai facendo?».

Che avesse temuto che il pesce lo voleva attaccare? Fino a che punto potevano arrivare i suoi deliri?

«Domani chiamo il professor Trentin, bisogna che ti visiti, qui la situazione sta precipitando».

Antonio Maria non disse niente, che poteva dire? Peraltro il solo nome del professor Trentin lo terrorizzava. Che voleva dire, che era pronto per essere internato in una clinica con malati di gravi psicosi? Era quello lo scopo dei suoi fondi personali, pagare la costosa retta della clinica privata del professor Trentin?

Durante la notte Antonio riuscì a smantellare la sua balestra, in modo che almeno di quella non rimanesse traccia.

Alle cinque del mattino, esausto, riuscì a prendere sonno, per dormire quelle due ore, che non furono sufficienti a mitigare le catastrofiche riflessioni sul suo destino: una forza oscura, neanche poi tanto, lo portava a inesorabili fallimenti. E lo avrebbe condotto in un istituto per matti.

Ma io sono forse un criminale? Cosa pensavo di ottenere entrando nel campo d'azione proprio di Maria Antonietta? D'altronde, così cercava di consolarsi, anche se fossi riuscito a eliminare mia moglie, quale sarebbe stato il mio destino? Sarei stato libero? No, i rimorsi mi avrebbero attanagliato per il resto dei miei, probabilmente pochi, giorni rimanenti.

Ah, che folle che sono, è vero, non è tutta colpa mia e la mia malattia mi porta a sragionare, ho perso la testa, ho creduto che...

Ma il destino per fortuna ha voluto darmi la lezione che meritavo, mi ha spiegato che io non ho niente a che vedere col tentativo di dare una svolta alla mia sorte, soprattutto se questa si incentra su un atto violento. A meno che l'atto violento...

26

Il giorno dopo Maria Antonietta telefonò alla clinica del professor Trentin per fissare un appuntamento.

«Questa settimana il professore non c'è, ma la prossima andremo da Trentin per una visita, sentiamo cosa consiglia di fare» annunciò al marito, il quale giaceva sul letto esausto e depresso.

«Va bene», rispose Antonio, che se ne restò tutto il giorno a guardare il soffitto. Nonostante il terrore che la visita fosse solo una scusa, e che lui da quella clinica non ne sarebbe mai più uscito, era talmente demoralizzato che avrebbe voluto annullarsi, cancellarsi dalla faccia della terra.

E in lui si concretizzò un pensiero che già si nascondeva da qualche parte, ma che finalmente venne fuori.

C'era un'unica strada davanti a lui, quella dell'insano gesto, ma questa volta non ai danni di qualcun altro. No, questa volta... Avrebbe fallito anche in tale proposito? No, questa volta no, e ogni problema sarebbe finito per sempre, per sempre.

27

Antonio Maria stava stendendo il bucato sui fili esterni al terrazzino di cucina. Lenzuola, mutande, canottiere, reggipetti. Era questo il suo destino? Era travolto dalla malinconia. Guardò in basso. Il suo, sottolineato il *suo*, appartamento era al secondo piano. Otto metri di altezza? Se si fosse buttato di sotto da lì con tutta probabilità non sarebbe morto, ma si sarebbe fatto solo male, molto male. Sarebbe diventato un invalido permanente? Avrebbe concluso la sua vita in sedia a rotelle?

Pensava alla situazione in cui si sarebbe trovata Maria Antonietta.

«Ben ti sta, "Ietta", sei contenta adesso?». Recuperando un barlume di raziocinio, si rese conto che forse non ne valeva la pena, di finire paralizzato. Era meglio fare le cose sul serio, e allora sì che LEI avrebbe subìto la peggiore delle punizioni.

Ah, non ci credi, eh? Pensi che stia facendo finta, che io non abbia intenzioni serie? Ah, mi conosci poco, cara mia. Ti farò vedere io di che cosa sono capace!

Ormai la decisione era presa e almeno stavolta Antonio Maria voleva dimostrare che sarebbe riuscito a raggiungere l'obiettivo. Che motivo poteva avere di continuare a vivere? Il polpettone? Che motivo poteva esserci per un ripensamento? Anzi, adesso incredibilmente la sua vita sembrava assumere un senso, uno scopo, che prima gli pareva oscuro, se non del tutto assente.

E non pensare che io lo faccia per te, o per le conseguenze che il mio atto estremo potrà produrre su di te e sulla tua sfavillante carriera. Beh, un po' in difficoltà ti troverai: come giustificherai all'opinione pubblica che il tuo adorato e curato marito si è tolto la vita? Sicuramente metterai le cose in modo tale che vengano a tuo vantaggio, ti conosco, non so come farai, ma certamente ci riuscirai.

No, cara, il mio suicidio non è motivato da rancori o da scopi vendicativi. Non sono mica un bambino che minaccia di suicidarsi per far rabbia ai genitori, e che fra sé e sé pensa: «Così imparano!».

In effetti Antonio Maria era entrato in un altro vortice di immaginazioni, vedeva il suo come un razionale suicidio filosofico, un epilogo necessario e quasi felice, in quanto avrebbe prodotto un'assenza di infelicità.

Stendeva le lenzuola del letto matrimoniale, quello dove dormiva Maria Antonietta con i suoi occasionali compagni. Profumavano di lavanda. Osservando il bucato steso gli venne in mente che in cima alla palazzina, cioè sopra il quarto e ultimo piano, almeno un tempo c'era uno stenditoio comune, in una specie di altana che si raggiungeva tramite una scaletta che partiva dall'ultimo pianerottolo. Erano anni che non ci capitava, forse non lo usava più nessuno, forse non c'era più.

E se andassi a vedere? Per accedere alle scale bisognava aprire una porta, normalmente chiusa a chiave. E la chiave la trovò, subito, nel cassetto del piccolo trumeau nell'ingresso.

Senza accendere le luci, senza prendere l'ascensore, Antonio, strisciando contro i muri nell'oscurità, salì le due rampe di scale che lo portavano al quarto piano. Qui intravide la porta che dava sulle scalette per lo stenditoio condominiale. Tentò di aprirla, ma la serratura pareva bloccata.

Scese in casa e prese lo Svitol, dopo varie applicazioni la chiave girò. Il vano delle scalette era in condizioni pessime, pieno di ragnatele, polvere, calcinacci. Eppure arrivò in cima, in mezzo a vetri rotti e immondizia. La terrazza era sempre lì, rivestita di sterco di piccione, circondata da antenne TV, molte delle quali arrugginite e reclinate, distrutte. Cercando di non toccare niente per non sporcarsi, si avvicinò al parapetto, che dava su una breve tettoia, sotto la quale c'era la facciata interna dello stabile. Si affacciò ad occhi chiusi, quindi li aprì. Fu immediatamente preso dalle vertigini, laggiù in fondo, in basso, a perpendicolo, vedeva il retro della casa, vedeva la corte, quella nella quale si era calato con le lenzuola, che da lassù sembrava un francobollo.

Altro che!

Antonio cercava di convincersi, mentendo a se stesso, che non si trattava in nessun caso di un suicidio punitivo nei confronti di Maria Antonietta, ma non riusciva a pensare ad altro che alla scena del suo ritrovamento, a quello che avrebbero scritto sui giornali, ai pasticci nei quali lei si sarebbe ritrovata, i sospetti, gli approfondimenti.

«Vedeva» nitidamente davanti a sé il suo cadavere maciullato sul selciato e la faccia di Maria Antonietta mentre, disperata, girando la testa dall'altra parte, urlava: «Che ho fatto! Che ho fatto!». «Antonio! Pupo mio!». «Come potrò vivere adesso? Come potrò chiudere occhio la notte?». «Quanto hai sofferto! Quanto ti ho fatto soffrire!».

Osservando il precipizio Antonio Maria si immaginava che sua moglie avrebbe vissuto mesi, anni, il resto della sua vita, dilaniata dal rimorso e dal senso di colpa. Prevedeva per lei un futuro tragico e rovinoso. I suoi colleghi l'avrebbero malgiudicata. Nessuno avrebbe pensato: povera donna, che cosa le doveva capitare. Piuttosto: se uno arriva a una decisione così estrema tanto felice non deve essere. Insomma in parecchi avrebbero sospettato che la responsabilità era di quella donna egoista e crudele.

Antonio ridiscese le scale, chiuse con cura la porticina, tornò nel suo appartamento. Bisognava preparare le cose nel modo migliore.

In primo luogo occorreva scrivere il «messaggio d'addio».

Ripensò al tentativo abortito di scrivere il falso messaggio di addio di sua moglie, in effetti gli era risultato più facile scrivere quello, di quanto non gli risultasse adesso scrivere il suo, vero, che in fondo era un pochino falso anche questo, o almeno doveva essere un po' adattato, e per essere adattato doveva essere pensato bene.

Prese dei fogli per la brutta copia. Cominciò con delle versioni molto stringate, la più sintetica delle quali fu «Addio per sempre». Ma non era sufficiente, qualcosa in più doveva dire, così la penna gli prese la mano, vergava paginate fra il malinconico, il rivendicativo e il tragico. Voleva che fosse chiaro che ciò che faceva non dipendeva da un «male oscuro», cioè da problemi esclusivamente suoi, ma da un «male chiaro», perfettamente identificabile in una persona fisica.

Scriveva e strappava i fogli, riscriveva, abbozzava, cancellava, talvolta gli sembrava di essere arrivato alla frase perfetta, subito dopo la rigettava.

«Se quella mattina di febbraio avessi pensato...», oppure «La vita vale sempre la pena di essere vissuta» ecc. ecc.

L'elaborazione del messaggio d'addio fu un vero travaglio. Oscillava fra il lamentoso, «Non sono mai stato felice», e il suo contrario, «Ho avuto i miei momenti di felicità», ma nessuno dei due atteggiamenti lo convinceva. A chi poteva interessare della sua infelicità, così come dei parziali momenti di felicità? Bisognava rivelare i segreti, le turpitudini, le angosce e le colpe, in particolare quelle di sua moglie. Questi sì che erano particolari succulenti. E la società, che faceva la società per lui? Tutti avrebbero dovuto sentirsi colpevoli.

Alle cinque del pomeriggio gli rimanevano in mano alcune frasi, un po' scollegate: «Ah, quanto ci ho pensato, mentre ero segregato nella mia cella di rigore. Quanto a lungo... Addio a tutti, anche a te, Maria Antonietta. Ti ho amato tanto e per quanto tempo ho sopportato le tue angherie» (sì, la parola non era esagerata, si trattava proprio di angherie, lo devono sapere tutti). «Ma ora, ora non ce la faccio più, preferisco essere morto che la tua eterna vittima...».

Non era molto soddisfatto, però si era fatto tardi.

Si riservò di mettere a punto il messaggio d'addio nella notte, adesso doveva dedicarsi alla preparazione della cena, e soprattutto fare in modo che lei non potesse avere alcun sospetto.

Mentre Antonio apparecchiava la tavola sua moglie notò che il marito aveva un piccolo cerotto nelle vicinanze del polso destro.

«Beh, cosa hai fatto lì, hai tentato il suicidio? Ah ah ah».

«No, è che mi sono scivolate le forbici, mi sono fatto un taglietto».

«Sei sempre il solito...».

«Arrivo subito».

«E la cena?».

«È tutto già pronto, soltanto da riscaldare, ho fatto il polpettone».

«Mmhhh, il mio piatto preferito. Non sarà mai come quello che faceva mia madre, ma mi accontenterò...».

Maria Antonietta si mise a sedere al suo solito posto. Controllò lo stato della fodera dello schienale della sua sedia. La macchia di unto della spigola non si vedeva più, Antonio Maria aveva fatto un buon lavoro e rammendato la stoffa alla perfezione. Che pover'uomo.

28

Quando la cena fu messa in tavola i due coniugi restarono in silenzio, ciascuno immerso nelle sue preoccupazioni. Maria Antonietta assaggiò il polpettone, rubandone un pezzetto direttamente dal vassoio, cosa che secondo Antonio Maria non era educata.

«A-a-a, non si spilluzzica!».

«Ma dai, caro, non ci vede mica nessuno!».

«Ah beh, se l'educazione non interessa più...».

Antonio Maria, dati i suoi gravi propositi, faceva molta fatica a mantenere la conversazione di routine, ma doveva farlo, doveva farlo per forza.

Maria, che non era nata ieri, si accorse che in lui c'era qualcosa di strano, d'altronde c'era sempre stato.

Comunque proprio all'inizio della cena arrivò il fido Sciarra, e Maria Antonietta cominciò a parlare, anche per stemperare la situazione.

«Quello lì lo tengo per le palle».

«Chi?».

«Il marito, no? E chi altro?».

«Ma il marito di chi?».

«Come di chi, dell'avvocatessa, ma non li leggete i giornali? Quello con l'alibi di ferro».

Antonio servì in tavola il polpettone.

«E le amanti? Non è stata una delle amanti?».

«Troppo facile, Sciarra... Vedete, c'erano troppe questioni che non quadravano in questo caso. A parte la storia dell'iPad, ve l'avevo raccontata?».

«Sì, sì, quello che hanno ritrovato nel cassonetto».

«D'accordo, che si trattasse di una messa in scena era chiaro fin da subito. Ma chi era stato a metterla in scena, e così male? Quale delle tre amanti, quale di queste aveva tentato di far passare per una rapina un omicidio passionale? A me comunque ventitré coltellate mi sono sempre sembrate troppe, non trovate?».

Antonio Maria si servì per ultimo del polpettone. No, in certi casi le coltellate possono non essere troppe.

«Più interrogavo quelle tre donne e più mi pareva di essere sulla strada sbagliata. Nessuna delle tre sembrava capace di organizzare una finta rapina per uccidere la bella avvocato. Nessuna delle tre disponeva di un alibi, tutte potevano avere, chi più chi meno, un movente, si contraddicevano, erano confuse, ma da loro non è venuto fuori niente, se non accuse reciproche... invece c'era qualcun altro che l'alibi di ferro ce l'aveva, inattaccabile...».

«E chi era, chi era?».

«Ma il marito, no? Quando un alibi è troppo perfetto, indistruttibile, a me mi puzza sempre un po'... Buono questo polpettone, certo che quello di mia madre... ci metteva un ingrediente segreto, sai che non l'ha mai svelato a nessuno, neanche in punto di morte? Saresti così gentile da versarmi dell'altro vino?...

Insomma l'alibi di ferro. Il nostro si trovava a Genova, per un congresso. La sera alle undici è rientrato in albergo, l'hanno visto tutti, anzi si è fermato alla concierge, ha scambiato due chiacchiere col portiere di notte, gli ha addirittura chiesto che ore fossero... Come nei film... È salito in camera e ne è uscito soltanto la mattina dopo, alle sette e mezzo... Ora, si può pensare che anche lui avrebbe potuto reclutare un killer di professione, inscenare una rapina fasulla e mandare all'altro mondo la signora, non è così difficile oggi come oggi trovare qualcuno che per 1.000 euro o poco più ti fa fuori chi vuoi. Ma 23 coltellate? Qual è il killer più o meno professionista che ricorre a 23 coltellate? Se hanno una pistola sparano, se no tagliano la gola, o strangolano con un filo di ferro, che è la soluzione più semplice ed economica. Ma torniamo all'alibi, lui era in albergo. Di notte fra Genova e qui non ci sono treni alta velocità, in aereo neanche a pensarci. Però in otto ore di cose se ne possono fare molte».

Il polpettone, pur non paragonabile a quello della suocera di Antonio Maria, era terminato.

«Per curiosità ho fatto fare una ricerca: se qualcuno a Genova o nei pressi aveva noleggiato una macchina di grossa cilindrata, in grado di fare velocità. Beh, un paio ne abbiamo trovate. In particolare una BMW X, Z, K, non mi ricordo, una macchina che supera facilmente i duecento chilometri orari, con quella da Genova a qui uno che ci sa fare ci può mettere un paio d'ore, diciamo due ore e mezzo. Tecnicamente otto ore per andare e tornare da Genova, e fare quello che c'era da fare, potevano essere più che sufficienti.

«La BMW, ritirata a Genova Voltri alle sei del pomeriggio, è stata riconsegnata il giorno dopo in mattinata. Bene, lo sai quanti chilometri aveva fatto la BMW? Oltre 650. Qui casca l'asino, mio caro professorino, ma in realtà non casca per niente, perché mica sappiamo in che direzione siano stati fatti tutti questi chilometri. La macchina, noleggiata da una società di intermediazione per un suo cliente, è stata lasciata in un certo luogo, vicino all'aeroporto di Genova, e poi recuperata lì al mattino. Di fatto chi l'abbia usata veramente, chi ci abbia fatto tutti questi chilometri, non si sa. Però forse il pilota pazzo non ha tenuto conto del tutor: sapete cos'è il tutor?».

Antonio e il poliziotto si guardarono smarriti: «No, che cos'è il tutor?».

«Il tutor è un dispositivo che normalmente non funziona. Registra gli spostamenti delle automobili sull'autostrada, dovrebbe servire come dissuasore, se una macchina da Roma a Milano ci mette tre ore vuol dire che ha tenuto una media ben superiore ai centotrenta chilometri orari consentiti. E guarda caso, quella sera sulla tratta da Genova a qui il tutor funzionava: una grossa macchina, una BMW, ha tenuto una media di oltre centottanta orari. Che ne dite?».

Sciarra era tutto gasato: «Che il professore guida veloce. E al ritorno? La stessa cosa?».

«No, al ritorno il tutor non era in funzione. Ma a me di questo non importa. Ormai sono certa che quello stronzo si è fatto la guidata, in qualche modo è riuscito ad eludere il controllo del portiere di notte – poi ho saputo come ha fatto, nella maniera più semplice immaginabile, ha usato le scale di sicurezza dell'albergo – ed è arrivato a casa sua intorno all'una e mezzo di notte. Mezz'ora per eseguire l'operazione e poi via, di nuovo verso Genova...».

«Sì, ma effettivamente queste sono solo supposizioni. Come ha fatto a trovare delle prove? Come ha fatto a incastrare il professore? Ha confessato?».

«Quando entro in azione io le prove non servono, caro Sciarra. Io faccio parlare chiunque, e infatti stamattina lo stronzo ha parlato. Ha detto tutto e anche di più. Se avessi insistito avrebbe anche ammesso di aver ucciso il suo bisnonno, morto prima della sua nascita. Se il commissario Salvatores sa chi è il colpevole per lui è finita! Ah, lo credo bene che il teatrino era mal inscenato! L'aveva fatto apposta!».

«Ma insomma, Maria Antonietta, perché il signore ha fatto fuori la moglie con 23 coltellate, cercando di far ricadere la colpa su una delle sue amanti?».

«E che ne so? E a me cosa importa? Sono fatti loro. Ma adesso sono stufa, vieni Sciarra, andiamo? A proposito, Antonio Maria, domani, nel pomeriggio, servi a Sciarra per un'altra esercitazione, eseguirà un tatuaggio abbastanza semplice, un teschio, quello delle Squadre della Morte, ti piace?».

«No, per favore, Ietta, le Squadre della Morte no!».

«E allora che ti piacerebbe, hai qualche altra preferenza? Una croce celtica? Il simbolo dei fascisti ungheresi? È bello, sai? Le croci frecciate! Non è che ti voglio imporre niente, per Sciarra si tratta solo di fare pratica, domani ti fa vedere il campionario».

«Ma io...».

29

All'alba del giorno seguente Antonio Maria era riuscito a completare il suo messaggio d'addio, più o meno lo stesso a cui era arrivato nel pomeriggio del giorno precedente. Non riuscì a non aggiungerci «Addio per sempre». Gli sembrava inevitabile. Ma adesso, come recapitare questa missiva?

Se l'avesse lasciata sul tavolo di cucina i rischi erano enormi, prima di tutto che Maria Antonietta la ritrovasse e la nascondesse, visto che si parlava, male, di lei.

No, il messaggio doveva avere una risonanza pubblica, ma come fare, spedirlo a un quotidiano locale?

Purtroppo Antonio non disponeva di un computer, di uno smartphone, o di un altro mezzo per comunicare sui social. A stento sapeva cosa fossero.

Non gli veniva l'idea, poi, come sempre vengono le idee, cioè per caso, pensò all'inquilino del terzo piano, il professor Danieli. Questi era una persona di massimo rispetto, che non avrebbe avuto alcuna esitazione a diffondere il contenuto del messaggio, e per giunta Maria Antonietta gli stava assai antipatica, per via di un litigio condominiale sulla questione degli scantinati. Ecco, questa era un'ottima idea.

Antonio scivolò fuori dell'appartamento e scese le scale fino all'ingresso. Raggiunse le cassette della posta e imbucò la sua lettera in quella con la scritta «Prof. Danieli». Era come metterla in cassaforte.

Risolto questo problema rientrò nel personaggio: spento, affranto, trascinandosi a fatica, teatralmente, come se ci fosse un pubblico che lo implorava «Non farlo! Non farlo!», ma in qualche modo motivato, soprattutto per evitare la lunga seduta di tatuaggio che lo attendeva nel pomeriggio, Antonio Maria affrettò i tempi e alle undici del mattino era già sulla terrazza-stenditoio condominiale.

Come in apnea scavalcò il parapetto, ci si mise a sedere sopra. Restò per qualche minuto con i piedi ciondoloni, riflettendo sulla gravità del momento. Prese fiato con un respirone, come quelli che si fanno dal dottore, e calò giù un piede sul tetto, su quel piccolo pezzo di tetto lungo pochi metri, ben ripido. Si calò di un paio di palmi e adesso sul tetto c'erano entrambi i piedi, era a un passo dal baratro.

Con prudenza avanzò quasi fino al margine. Guardò per un attimo sotto alle ultime tegole, si intravedeva la grondaia.

Si domandò: mi butto di piedi o di testa? Neanche fosse al mare o in piscina. No, di testa non ce l'avrebbe fatta, inoltre non gli era mai riuscito tuffarsi di testa. E poi quando si è visto che uno si toglie la vita buttandosi di testa, di solito si lasciano andare, senza neanche tanto slancio.

Ok, adesso respiriamo bene, con la pancia, ossigeniamoci e concentriamoci, il più è fatto, disse a se stesso, ma la parte di lui in ascolto non pareva troppo convinta. In effetti Antonio si sentiva dilaniato, dimidiato, diviso, fra un essere pensante e razionale, che avrebbe voluto imporre le sue scelte, e un essere emotivo e attanagliato dalla paura, che le scelte non le voleva subire.

Via, andiamo! Il corpo non rispondeva, restava immobile, paralizzato.

Provò anche la cosa più ovvia, cioè a contare: «Forza, al mio tre! Uno, due e...». La parte più resistente di se stesso evitò addirittura che fosse pronunciato il numero fatale.

Insomma, non aveva il coraggio di buttarsi.

Come faccio adesso? Come faccio?

Antonio Maria provò a caricarsi con pensieri ultranichilisti. La natura umana è cattiva e feroce e la vita una continua sofferenza, se non lo so io! La morte, unica possibile salvatrice, unica possibile fine a questo stato di sofferenza continuo e ininterrotto. Ne avesse avuto i mezzi stilistici e retorici avrebbe recitato un inno alla morte, un'invocazione, quasi una sfida. Oh regina delle tenebre, mostrati, fatti vedere. So che sei qui accanto e allora perché non mi dai una spintarella? In quel momento Antonio Maria cercava di tirar fuori dal suo bagaglio qualche meditazione lirica, ma quando facevano Leopardi, al liceo, lui era malato.

Così passavano i minuti, i quarti d'ora, e lui restava lì, impalato, senza il coraggio di guardare di sotto, magari lo avrebbe colto una vertigine, avrebbe perso i sensi e sarebbe caduto giù, senza accorgersi di niente perché privo di coscienza durante il volo.

Lo prese una tristezza incommensurabile e travolgente. Si mise a singhiozzare, sapeva, ormai, che non ce l'avrebbe mai fatta, era attanagliato dalla paura, e a questo punto aveva smesso di immaginarsi l'espressione di Maria Antonietta di fronte al suo corpo martoriato e privo di vita, ormai sentiva in lui prevalere altre emergenze autodenigratorie: è giusto che io muoia perché sono un disgraziato, un incapace, sono io che merito la punizione, e questa punizione in che cosa consiste, se non nel rendermi conto che sono incapace di tutto?

A fargli perdere l'ultimo residuo di concentrazione e di amor proprio fu l'arrivo di due piccioni, incuriositi dalla presenza del forestiero: per nulla intimoriti lo guardavano ruotando un po' la testa, forse volevano vedere come andava a finire. Ma non lo avrebbero visto. La loro visita, anziché essere interpretata da Antonio Maria come un segno di pace, un messaggio ultraterreno di amore e di tolleranza, fu presa dall'interessato come l'ennesimo segnale di scherno e di derisione, fra l'altro da parte di una specie animale che lui non amava affatto.

«Sciò, sciò, luridi maledetti piccioni!».

Dopo circa un'ora che era lì in piedi sulla tettoia, capì che non c'era altra scelta che tornare indietro. Terrorizzato dal vuoto davanti a sé fece dietro front a passo di formica, per girarsi di 180 gradi impiegò cinque minuti, poi al rallentatore si avviò verso il parapetto in muratura. Scuoteva la testa e piangeva, sommessamente, si muoveva a velocità vicina allo zero, perché aveva paura di perdere l'equilibrio.

Ma le forze gli mancavano, le gambe si piegavano, il terrazzino pareva allontanarsi anziché avvicinarsi, era in uno stato allucinatorio? Ecco che, per una cospirazione del destino e della natura maligna, la suola in cuoio della scarpa destra scivolò su una tegola lordata da una fresca evacuazione di un piccione.

Così Antonio cadde sul tetto, bocconi, e al contempo cominciò a scivolare secondo la pendenza, a ogni strato di tegole (quelle che al nord si chiamano coppi) picchiava con la bazza per il contraccolpo, finché sentì che le gambe erano nel vuoto, e poi anche il resto del corpo. Il volo durò pochissimo, anche meno del previsto.

Perché precipitando il suicida incontrò al secondo piano i fili dove erano ancora stesi i suoi panni. Questo stenditoio (realizzato in robustissimi cavetti di acciaio rivestiti di gomma, gli stessi capaci di sostenere i 25 kg della statua di San Pietro Martire) dimostrò una formidabile resistenza ed elasticità, tanto che non solo non si ruppe, ma fece rimbalzare Antonio verso l'alto, contro il solaio della terrazza del piano di sopra.

La vittima vi fu sbattuta, per meglio dire spiaccicata, contro, ci rimase per qualche decimo di secondo, come un pomodoro lanciato contro un muro. Poi il pomodoro cadde flaccido e sanguinante a terra, all'interno del suo terrazzino, privo di conoscenza ma non di vita.

In quel momento se Antonio Maria fosse stato cosciente avrebbe potuto sentire almeno due suoni. In primo luogo il campanello, qualcuno suonava a martello, e continuava, non si arrendeva, chi poteva essere?

Il secondo suono era il telefono di casa, che cominciò a squillare dopo circa un minuto, probabilmente era Maria Antonietta, alla quale Sciarra aveva comunicato che il signor Antonio Maria non rispondeva alle scampanellate.

Quello si risvegliò che ormai era quasi l'ora di pranzo, lo capì dai rintocchi della campana parrocchiale. Oppure era la campana del Diavolo? Ma non suonava a morto, suonava l'ora come al solito. Gli ci vollero alcuni minuti per riaversi, durante i quali il sonno e la veglia si alternavano. Vedeva piccioni volare al rallentatore e sentiva una voce che diceva: «è tempo di morire...».

Si toccò le braccia e le gambe. Nonostante gli facessero molto male, potevano muoversi. Si mise a quattro zampe, e così rimase, cercando di capire dove si trovasse e perché. Sentiva dolore dappertutto, in particolar modo in testa, dentro e fuori. Si mise a sedere per terra, riconobbe allora i panni che aveva steso il giorno prima. Ma come era possibile che fosse finito sul terrazzino di casa sua? Era un'allucinazione? Sicuramente si era rotto qualche dente. Se li toccò con la lingua, effettivamente la bocca sapeva di sangue e un premolare mancava. Oddio santo, e adesso?

Cercò di alzarsi in piedi, non ci riuscì.

Improvvisamente si aprì la porta a vetri che dalla cucina dava sul terrazzino. Antonio Maria aveva gli occhi annebbiati, probabilmente perché pieni di sangue, ma dopo un po' riconobbe l'agente Sciarra, che era sbalordito: «Ma signor Cotroneo, che ci fa qua? Ho suonato il campanello per mezz'ora, poi mi sono fatto aprire dal portiere, ma che le è successo? Si è sentito male mentre ritirava i panni stesi? Ma guarda lì. Ha picchiato la faccia per terra? È svenuto?».

Sciarra sollevò il disgraziato da terra e lo aiutò a entrare in casa.

«Si metta a sedere, vuole che la porti in camera? Aspetti che avverto sua moglie...».

«No, per favore... no».

Per pronunciare queste parole, anzi, per esalarle, Antonio dovette fare ricorso alle ultime energie di cui disponeva.

«No... per favore... lei non deve sapere...».

Sciarra era veramente confuso e imbarazzato, quell'uomo sembrava aver visto la morte. Gli fece cenno di aspettare un po', doveva riprendere fiato.

E lo fece.

«Guardi, signor Antonio, ero venuto per il tatuaggio, ma non ci deve nemmeno pensare, non mi sembra proprio il caso, ha picchiato una bella botta, faccia vedere... venga con me in bagno che ci diamo una sistemata, ha la bocca piena di sangue, ma cos'è, è scivolato sull'acqua saponata?».

«Eh... eh... shi» strascicò Antonio Maria, che quando fu in bagno sputò un bel bolo di sangue, che conteneva anche il dente rotto.

Sciarra fu veramente squisito, aiutò il poveruomo a fare il computo delle contusioni, dei lividi, delle escoriazioni. Disinfettò il malcapitato, che all'applicazione dell'alcol denaturato sul mento, sulla fronte e sul naso urlava come un disperato.

Gli preparò un tè, lo cambiò, assicurò che al commissario non avrebbe detto niente, però una versione dei fatti andava messa in piedi, perché il signore era conciato da fare schifo, pieno di ecchimosi ed abrasioni.

«E che c'è da inventarsi» disse Antonio, che aveva avuto modo di ripensare alla successione degli eventi. «Raccontiamo la verità. Sono scivolato sul terrazzino e ho picchiato la faccia».

«Già. E quel sangue sotto il terrazzino del piano di sopra? Crede che il commissario non se ne accorga?».

«Lo pulisca per favore, Sciarra, lo faccia per me, un giorno, forse, le spiegherò tutto».

Sciarra non fece altre domande. Ormai erano quasi le sei del pomeriggio, la signora sarebbe presto arrivata, e si sarebbe arrabbiata moltissimo, anche con lui.

Solo allora venne in mente ad Antonio la questione del messaggio d'addio, che aveva infilato nella cassetta del professor Danieli.

«Sciarra, lei mi deve fare un ultimo piacere».

«Dica, dottore».

Insomma, Antonio riuscì a convincere l'agente scelto Sciarra a forzare la cassetta della posta della famiglia Danieli, sottraendo una lettera che non riportava il nome del mittente, la sua.

Sciarra inizialmente si dichiarò indisponibile a un'operazione del genere, ma alla fine cedette, e recuperò il messaggio di addio.

Antonio pensò se fosse il caso di conservare la busta, per riutilizzarla nel momento propizio. Ma ci sarebbe mai stato un altro momento propizio?

Alle diciannove passate arrivò Maria Antonietta che inaspettatamente disse a Sciarra: «Se ne vada. È un ordine. Ci vediamo domattina in commissariato per il suo nuovo incarico».

«Ma commissario, le posso spiegare tutto. Io e suo marito... Non è colpa mia!».

«Lei non può spiegare proprio niente, e anche se potesse farlo a me non interessa. Il suo trasferimento è già in corso dalle 17 di oggi. Vada a preparare i suoi bagagli».

«Bagagli? Se è per il tatuaggio il signor Antonio le potrà spiegare...».

«Sciarra, se ne vada, e non mi faccia perdere la pazienza. E riferirà su tutto il tempo che ha fatto perdere a un numero non piccolo di persone, all'operazione sotto copertura che ha fatto fallire. Ma lei crede che noi stiamo giocando?».

Sciarra era stupefatto, non si capacitava, eppure obbedì. Lo stesso per Antonio, al quale peraltro non erano ancora stati impartiti i relativi ordini. Oddio, sa già tutto, pensò, ma come ha fatto? È veramente un essere diabolico.

Maria Antonietta aveva uno strano atteggiamento. Fredda e disinteressata, pensava più a Sciarra che a suo marito, a stento si rese conto che era pieno di escoriazioni, malconcio.

Appena uscito Sciarra, Antonio non osava guardare negli occhi sua moglie, che cambiò completamente atteggiamento, adesso era tutta agitata, pareva stravolta, che mai mi farà adesso, pensava terrorizzato. Poche volte aveva visto sua moglie così sinceramente angustiata. Temeva che Maria stesse per comunicargli l'imminente trasferimento nell'istituto, tuttavia sua moglie sembrava veramente avere altro per la testa.

«Antonio Maria, ho scoperto una cosa terribile! E ti comunico che l'agente Sciarra non metterà più piede in questa casa...».

Oddio, ci siamo, questa sera Maria non vuole testimoni... ma che avrà in mente? L'hanno informata? Qualcuno l'ha informata? A meno che non mi legga nel pensiero, lei certe volte sembra possedere questa risorsa, a meno che non abbia trovato qualche traccia. Lei ha un fiuto incredibile, chissà cosa ha saputo, ha trovato, ha intuito...

«Quando me l'hanno detto non ci potevo credere, pensavo a uno scherzo, roba cameratesca di quei cretini di maschi con cui mi trovo a lavorare, ma poi... lui lo ha ammesso davanti a tutti tranquillamente...».

Antonio cominciò a rassicurarsi, c'era speranza che la faccenda «terribile» non riguardasse lui.

«Calmati, Maria Antonietta, siediti qui, racconta, se ne hai voglia».

«Ah, caro, non so nemmeno se valga la pena raccontartelo, ma sono così sconvolta e schifata. E poi nelle tue condizioni, non so se reggeresti. A proposito, che hai fatto alla bocca?».

Ma delle condizioni di suo marito a Maria Antonietta in quel momento interessava poco. Era troppo sconvolta.

«Un vero schifo. E non ci crederesti, non ci potresti credere...».

«Ma che ti hanno detto, non sarà che certe malelingue...».

«Ma che malelingue, ti ripeto che ha confessato, si fa per dire confessato, per lui non c'è niente di male».

«Ma chi, Sciarra? Mi sembra tanto un bravo ragazzo... che ha fatto?».

«Ah, se proprio lo vuoi sapere te lo dico... ebbene... guarda, mi vengono le lacrime agli occhi... Sciarra... Sciarra è gay!».

«Sciarra? Gay?».

«Sì, ti rendi conto? È un frocio, uno che va con gli uomini, uno a cui piacciono gli uomini, non le donne».

Antonio Maria era stupito, ma non così scandalizzato come sua moglie.

«Beh, dai Maria, forse lo dice così, solo per fare lo sbruffone... mi pare che con te si sia comportato al meglio... si è dato da fare, non mi pareva tu avessi da lamentartene... anzi, a giudicare da... sembrava molto più attivo di Gianni, sai, è anche più giovane...».

«Ah, io non ho avuto da lamentarmi, ma cosa c'entra? Ti rendi conto che sono stata a contatto carnale con un gay, con uno a cui piacciono gli uomini, con cui intrattiene rapporti sessuali di tutti i tipi?».

«Ah, ho capito, lo dici per un eventuale contagio, adesso capisco... ma stai tranquilla...».

«Ma che capisci, credi che io sia una scriteriata? Una che si accoppia con uomini senza prima essere sicura? Non sarebbe regolamentare, per quella scemenza della privacy, ma io esigo, a titolo del tutto personale, ovviamente, il certificato di non positività al test per l'HIV... Ma a te, non ti fa schifo al solo pensarci?».

Antonio Maria rifletteva sulla curiosa asimmetria fra l'eros delle donne e quello dei maschi. Quando era giovane aveva guardato delle cassette porno dove c'erano insistiti rapporti sessuali fra donne, e li aveva trovati molto eccitanti. Effettivamente a lui, dal suo limitato punto di vista, non risultava che le donne facessero altrettanto, cioè assistere a rapporti fra omosessuali maschi per eccitarsi. Ma chi lo sa.

«Mah, non so, non mi è mai capitata una cosa del genere, in fondo, bisogna essere più aperti di questi tempi, e poi se con te si comportava a dovere, che male c'è se...».

«Non posso credere che tu sia così tollerante, ti rendi conto, tua moglie ha condiviso il letto con un gay... ah, ma quello lì, altro che tatuaggi, quello lì se ne torna in Sardegna, anzi no, gli farei un piacere, quello finisce in Calabria, a Bovalino lo mando, o a Platì, a fare i suoi comodi... che schifo! Tu lo sai che io sono di larghe vedute, per me ognuno è libero di fare quello che vuole, basta che non lo faccia a casa mia!».

«Ma che ha fatto a casa tua...».

«Ah, vedo che anche tu non vuoi capirmi... e infatti... comunque lasciamo perdere, ho parlato col professor Trentin, è tutto a posto. Anche lui è d'accordo, nei prossimi giorni, appena gli si libera una stanza, sarai trasferito lì. Per cominciare almeno un paio di mesi. Ha in mente una terapia innovativa, ma non la puoi sostenere certamente a casa, devi essere monitorato costantemente, e dunque...».

30

Di avviare una terapia innovativa recluso nell'istituto Antonio Maria non ne voleva nemmeno sentire parlare, per cui prese una decisione di tipo moderno e urbano, gli restava poco tempo.

Dopo il fallimento del suicidio classico, buttarsi nel vuoto, propese per un suicidio meno traumatico, al passo coi tempi, quello con le pasticche.

A cominciare dalle medicine che prendeva per la *sua* malattia. La sua riserva era consistente, non gli era servita nei suoi tentativi di fuga.

Bastava che ne assumesse una dose massiccia tutta insieme e addio. Non erano medicine che il dottore ti facesse comprare a scorta, c'era un piano terapeutico preciso, ogni mese un tot.

Ma non voleva rischiare, non voleva a nessun costo che il suo tentativo avesse anche la pur minima possibilità di fallire. Le pillole sono un metodo efficace, ma se mi trovano che ancora non sono morto, e mi salvano all'ultimo minuto?

Per questo ci pensò e ci ripensò. Doveva trovare una metodica garantita e infallibile, e quindi composita. Architettò un suicidio multiforme, in modo tale che se una delle strategie avesse fatto cilecca, l'altra avrebbe funzionato, per non parlare della terza. Quindi decise: 1) di tagliarsi le vene, come da manuale, con le lamette del rasoio, dentro la vasca da bagno colma di acqua calda; 2) di assumere una quantità adeguata di farmaci psicotropi, magari misti ad alcol e ad altre sostanze che ne avrebbero aumentato l'efficacia; 3) di spararsi un colpo in testa con un revolver.

Ovviamente l'ordine delle operazioni andava ripensato. In primo luogo occorreva assumere gli psicofarmaci. Poi, mentre questi cominciavano ad avere effetto, tagliarsi le vene e prendere posto nella vasca da bagno. Terzo, quando già il sangue cominciava ad effluire, tirarsi il colpo in testa, per sicurezza.

Qui si poneva un problema serio: lui non disponeva di un revolver. Certo, però, ce l'aveva Maria Antonietta, la pistola personale. Probabilmente ne possedeva anche più di una. E che fare allora, sottrargliela? E se lei se ne fosse accorta? E certo che se ne sarebbe accorta, e subito avrebbe capito tutto, sventato i suoi piani, impedito che il destino seguisse il suo corso. Ma quando se ne sarebbe accorta? Solo a cose fatte.

Ad Antonio Maria non ci volle molto a trovare l'arma, sapeva benissimo in quale cassetto Maria tenesse quella spaventosa automatica. Era carica, e il solo maneggiarla lo spaventava a morte.

Una pistola fa rumore. E se avesse mancato il bersaglio? Sarebbe arrivata gente, al boato dell'esplosione. E magari lo avrebbero ritrovato ferito alla testa, sanguinante, intossicato dagli psicofarmaci, ma vivo. E gli avrebbero salvato la vita.

Bisognava predisporre il tutto nel migliore dei modi, per escludere una possibilità del genere. Si sarebbe infilato il revolver in bocca, in quel modo non c'è verso di fare cilecca.

«E lei, dottoressa, lascia in casa un'arma carica, con suo marito in simili condizioni psichiche?».

La responsabile non era altri che LEI.

Ormai non restava che agire. Preparò con molta cura la vasca da bagno e tutto l'occorrente, che non era poi molto. Prima di tutto le lamette da barba, controllò che fossero nuove e affilate. Due sarebbero bastate? Per non sapere né leggere né scrivere ne scartò tre, provò le lame su dei foglietti di carta, perfette.

Si denudò completamente e si guardò allo specchio. Mettendosi di tre quarti riusciva a intravedere il tatuaggio, la terrificante aquila che reggeva la svastica: che penseranno quando mi troveranno? Ma che pensino quello che vogliono, non saranno più problemi miei.

Appoggiò il revolver sul bordo della vasca. Quindi si dedicò ai farmaci.

Estrasse le pasticche dai blister e le appoggiò su un ripiano di vetro. Gli ci volle un po' di tempo, mentre la vasca si stava riempiendo. Ah, l'avesse saputo Maria di un simile spreco di acqua calda. Ma l'avrebbe saputo, e come se l'avrebbe saputo.

Andò in salotto, dal mobile bar prese la bottiglia di Fernet Branca. Per farsi coraggio ingollò una bella dose del liquore. Chiuse il rubinetto dell'acqua, la vasca era quasi piena.

Controllò la posizione delle lamette e quella della pistola. Era tutto pronto. Osservò le pasticche sul vetro. Per ingollarle si aiutò con svariate sorsate di Fernet, che avrebbero anche aumentato la potenza. Riuscì a stento a ingoiarle tutte, perché quando era arrivato alle ultime l'effetto sedativo delle prime già cominciava a manifestarsi, e lui era come ubriaco.

Quando iniziò a sentirsi strano, che stava perdendo il controllo e che la coscienza stava allontanandosi da lui, provò una sensazione bellissima, pacifica, di totale deresponsabilizzazione. Adesso parto, non so se arriverò in qualche posto o se non vado da nessuna parte. Chi lo sa. Intanto me ne vado. E ovunque io vada LEI non ci sarà più.

Si immerse.

Gli fu inevitabile, una volta a mollo nell'acqua calda, dedicare qualche minuto a una riflessione complessiva sulla sua vita intera, che a questo punto gli sembrava una sfera di vetro. Nonostante le nebbie dei vapori, gli pareva di vedere le cose con estrema lucidità, e non come al solito, cioè come un caos, una serie di scherzi beffardi del caso. La sua malattia? Faceva parte di lui, non gli pareva più un nemico o un mostro da esorcizzare. La sua sfortuna? Ma un topo o un gatto pensano alla loro vita in termini di fortuna o sfortuna, o semplicemente accettano quello che capita loro? Maria Antonietta? Era parte del mondo, del suo mondo, non era niente di più e niente di meno di quello che poteva e doveva essere. Non esiste una vita ideale alla quale quella reale non riesce ad assomigliare, esiste solo qualcosa che si crea nel tempo e che inevitabilmente finisce, e terminando assume il suo senso, unico ed eterno. La morte non va combattuta o ostacolata, va semplicemente assecondata. Il desiderio di non esserci più è in fin dei conti il massimo desiderio di godimento, dato per scontato che l'esistenza sia una prova sempre e comunque svantaggiosa.

Antonio Maria non avrebbe mai pensato di potersi spingere a livelli metafisici così elevati, lo travolse una tranquillità profonda, una microestasi da ricongiungimento con se stesso, con i ricordi infantili, con le immagini di sua madre e soprattutto di suo padre, un flusso di istantanee esistenziali che scorrevano felicemente, senza alcun senso di rimpianto. Vide in un attimo tutti gli attimi della sua relazione con Maria Antonietta, come nella famosa visione dell'affogato di De Quincey.

Dunque afferrò una delle lamette, senza paura, senza doversi costringere; i gesti, che reputava dovessero essere chirurgicamente perfetti, gli venivano quasi spontanei.

Si procurò il primo taglio sul polso. Non era un taglio profondo, ma era netto, preciso. Il polso cominciò a sanguinare copiosamente, e lui, che non aveva mai sopportato la vista del sangue, soprattutto il proprio, cominciò a perdere gradatamente i sensi, probabilmente anche a causa dello sbalzo di pressione che l'acqua calda del bagno stava producendo sul suo corpo. Oltre ovviamente all'effetto dei farmaci.

Si trovava come fra il sogno e la veglia, non aveva più controllo su se stesso, stava sprofondando in una dimensione di delirio ed estasi. Un pensiero, un sogno, un vaneggiamento prese il sopravvento su di lui. Gli parve di intravedere la figura di suo padre, che lo guardava pensieroso. Santo cielo, sono già arrivato?

Ma oramai stava solo vaneggiando, non passò molto tempo che i sensi li ebbe persi completamente. E la pistola? Non ci fu tempo né bisogno di utilizzarla, e poi non ne avrebbe avuto mai il coraggio. Però, scivolando sul bordo bagnato della vasca, il revolver cadde dentro l'acqua.

Sognò, immediatamente, a lungo. Paesaggi immaginari nei ghiacci montani, aerei da trasporto, scarpe senza stringhe e bocche senza denti. Automobili che sprofondavano nel concime.

A distanza di un lasso di tempo incommensurabile – secondi o secoli? – gli parve di svegliarsi in un luogo sconosciuto, un paesaggio surreale e confuso, non vedeva niente, la vista era annebbiata. Era questo l'aldilà? Una luce lieve e soffusa illuminava ambienti senza colore, gli sembrava di essere in un film in bianco e nero, virato al seppia. Dove sono, in Purgatorio? Ma come faccio a essere in Purgatorio visto che ho cercato di attuare, senza successo, piani omicidi? Inoltre sono morto suicida. Allora è l'Inferno? O sono nell'Ade, dove tutti dimenticano ogni ricordo? Eppure io mi ricordo di qualche cosa, mi chiamo Antonio Maria, sono nato a...

Si trovava in una stanza rettangolare, ne poteva intravedere il soffitto, e udiva chiaramente dei lamenti, alcuni più vicini, altri più lontani. Non c'era da stupirsene, le anime in pena si lamentano incessantemente. Tentò di muoversi, di volgere lo sguardo verso quegli spiriti sofferenti, ma si sentì come immobilizzato, lontano dal suo corpo, ammesso che ne avesse ancora uno. Il corpo pareva essere effettivamente lì, sotto la sua testa, ma non rispondeva: provava a muovere una mano, ma quella non reagiva.

Poteva vedere il suo corpo ma si sentiva da esso distante, come se ne fosse uscito fuori. Provò a emettere un lamento anche lui, visto che a quanto pareva in quel luogo si usava così. E il lamento uscì, gorgogliante e spaventoso, non si sa se dalla bocca o da qualche altra parte del corpo, eppure stranamente lo poté avvertire benissimo, e allora che strana situazione era questa, non aveva controllo del suo corpo, ma della voce e dell'udito sì? Oppure erano solo allucinazioni, un lento scomporsi della sensibilità e anche dell'identità personale?

Ma com'è che mi sembra di essere sempre lo stesso, com'è che riesco a parlare con me stesso e a raccontarmi le mie sensazioni? Ah, non pensavo proprio che il trapasso fosse così, di mantenere la coscienza di me, di percepire, anche se pur sfumata, l'immagine di un orologio che segna le diciassette e trentacinque. E dunque il tempo, quello volgare e terrestre, quello segnato dall'orologio, esiste anche dopo la morte? Ah, questa non me l'aspettavo. Le diciassette e trentacinque... allora sono passate alcune ore, ma di quale dimensione temporale si sta parlando? Esiste il tempo dopo la morte?

Osservò i suoi polsi. Solo in uno di questi c'era una fasciatura, piccola e neanche sporca di sangue.

Sto delirando o è questa la morte? Dove sono, nel punto di passaggio? La porta di destra o la porta di sinistra? Ma di porta ne vedeva una sola.

Il lamento che aveva prodotto parve avere delle conseguenze, avvertì che nella stanza si verificavano dei mutamenti, altre anime sussultavano, altre erano in arrivo.

Davanti a lui si presentò una figura in abito monacale, tutta vestita di bianco, eterea. Allora non poteva essere l'Inferno. Forse si era guadagnato il Paradiso comunque, per tutto quello che aveva dovuto subire?

Poi, non riuscì a capire se un anno o un minuto dopo, arrivò una donna, dalle fattezze a lui familiari.

La suora disse: «Signora, s'è svegliato...».

La donna che assomigliava moltissimo a Maria Antonietta mormorò: «Lurido figlio di puttana, questa me la pagherai cara, ah, tu non sai quanto».

Antonio Maria parve perdere di nuovo conoscenza, ma se questo stesse avvenendo in realtà, oppure si trattasse di una simulazione, oppure fosse solo un meta-evento nel cono di luce che ci porta dall'altra parte, questo non gli era dato sapere.

Quando Antonio Maria fu rimandato a casa sua moglie era aggressivamente convinta delle sue decisioni irremovibili: erano finiti i tempi del bastone e della carota, qui ci voleva una seria accelerazione sull'istituto dove il malato sarebbe stato internato, per sempre: «Io non sono più in grado di sobbarcarmi la responsabilità di te, non ce la posso fare, sei un pericolo per gli altri e soprattutto per te stesso, occorre fare dei passi avanti. E poi lo sai quanto mi è costato far ripulire la pistola?».

Questa volta era chiaro anche a Maria Antonietta che nella mente malata del marito dominava l'ossessione suicida, e quindi l'unica prospettiva era accelerare il suo ricovero presso l'istituto del professor Trentin. Adesso lei ripensava alle stranezze degli ultimi tempi e riconduceva tutto, anche la forbice nel pesce, alla follia autolesionistica di Antonio Maria: come non averci pensato prima? Bisognava difenderlo da se stesso, principalmente: i suoi erano evidentemente dei falsi tentativi, di suicidarsi per davvero non ne avrebbe avuto il coraggio e la capacità, ma a farsi male o a mettersi in brutte situazioni ci sarebbe riuscito benissimo, lo aveva sempre fatto, quel demente. Dunque come proteggerlo, almeno fino al giorno dopo, quando sarebbero venuti a prenderlo, se non chiudendolo nella cella di rigore?

Maria Antonietta si assicurò che dentro lo sgabuzzino non ci fosse niente di pericoloso: anche con un ferro da stiro si può tentare di farsi del male.

«Domani vengono a prenderti, firma qui».

Lui firmò i fogli di ammissione in istituto senza neanche leggerli. Depresso e silenzioso entrò a testa china nello stanzino, dopo aver fatto la pipì nel bagno grande, sotto gli occhi della moglie.

Per tutta la notte non riuscì a dormire, ottenebrato da un pensiero cieco e dominante.

Dopo i giorni in ospedale, dopo tutto quello che era successo, e adesso in cella, aveva perso in lucidità, ma la poca che gli era rimasta, un bagliore, era dedicata all'obiettivo. Questa volta non avrebbe fallito e bisognava fare molto presto.

Con la morte non si scherza e questa volta... D'altronde che alternative aveva?

Io sono caduto nel tranello, con i farmaci. Lo sanno tutti che quelli che prendono i farmaci non vogliono affatto togliersi la vita, sperano che accada qualcos'altro, nel frattempo, e io... forse volevo proprio questo, una richiesta d'attenzione? Così l'ha interpretata il professor Trentin?

E tagliarsi le vene? Non siamo mica nell'antica Roma.

Ma questa volta... Questa volta non fallirò. Fosse l'ultima cosa che faccio nella vita.

31

Quella dell'impiccagione da che mondo è mondo è la strada di elezione per chi abbia preso una certa decisione, ci sarà ben un motivo... è il metodo più sicuro...

A togliere dalla cella di rigore alcune cordicelle che servivano a stendere i panni, Maria Antonietta non ci aveva pensato. Antonio Maria aveva avuto tutta la notte per intrecciarli in una vera e propria corda. Il problema era che nello stanzino non c'era alcun gancio al quale assicurarla.

Alle sette e mezzo Maria aprì la porta della cella di rigore, permise ad Antonio Maria di andare in bagno e di preparare la colazione. Alle nove doveva uscire, per un impegno imprescindibile, la conferenza stampa per l'ennesimo caso risolto. Il commissario non poteva mancare.

Quindi alle otto e mezzo richiuse il marito nella cella.

«Torno fra un'ora», disse, «vedi di non fare cretinate».

Al rumore della porta di casa che si chiudeva Antonio non poté evitare di esibire un ghigno diabolico. Scosse la testa, per un anelito di soddisfazione. E così il commissario è sicura che a lei non la si fa?

Dal cestino delle mollette per i panni estrasse una chiave, una di quelle chiavi semplici che servono ad aprire le porte degli armadi. Sono chiavi tutte uguali, e aprono porte tutte uguali. Anche la porta della cella di rigore. Era una chiave che teneva di riserva, cercava di utilizzarla il meno possibile, ma questa volta era necessaria. Aveva un'ora di tempo, sarebbe stata più che sufficiente.

Antonio Maria preparò il cappio con la massima attenzione. Realizzò il nodo scorsoio: curiosamente in un manuale di sartoria c'erano le istruzioni dettagliate su come funziona, in realtà nel libro serviva per realizzare dei particolari tipi di alamari, beata incoscienza.

In camera di Maria Antonietta, cioè a dire quella che era stata la loro camera matrimoniale, c'era una bella trave facile a raggiungersi con lo scaleo. Ci fece passare sopra la corda, e con un doppio giro ce la assicurò. Provò a tirare con tutta la forza, ci si appese con le braccia per vedere se teneva. Sì, teneva a meraviglia.

Il cappio pendeva minaccioso ma anche indifferente: non era mica colpa sua se quel tipo di nodo nella storia era diventato famoso per quella triste utilizzazione.

Antonio preparò meticolosamente la scena, che non a caso si sarebbe svolta nella camera della moglie, sarebbe stata lei a ritrovarlo. Eliminò lo scaleo, rimettendolo al suo posto. Tolse dalla vista quei pochi attrezzi che aveva utilizzato per installare la forca, doveva essere tutto pulito e netto.

Si spogliò, restando in mutande. Così lo avrebbe trovato sua moglie, con in bella vista l'orrendo tatuaggio nazista. Neanche un po' di rimorso l'avrebbe attraversata? Neanche per un attimo? Antonio Maria si concentrò per qualche minuto, ma sapeva che anche sessanta secondi potevano essere di troppo.

Ebbe solo il tempo di piazzare la sua lettera, il messaggio di addio, che andava sempre bene, proprio sul letto matrimoniale.

Scelse dunque una sedia per procedere, e la dispose sotto il cappio, ci montò sopra. Qui si concesse una pausa, una breve preghiera. Santa Madonnina perdonami, lo so che il mio è un peccato mortale, ma sinceramente non ce la faccio più, abbi pietà di me. La mia vita, non tutta ma gran parte, è stata un patimento, non ti offendere se me la tolgo. La vita non è sempre un dono, forse lo è la maggior parte delle volte, ma non sempre. Nella tua infinita Misericordia concedimi la pace. Amen.

Stordito, allungò le mani per afferrare il cappio e per metterselo al collo... ma... che stava succedendo... Aveva calcolato male le misure... non arrivava a infilarsi la corda al collo, aveva completamente sbagliato la posizione in altezza, almeno di una ventina di centimetri.

Provò e riprovò, non ci fu verso. E se andassi a riprendere lo scaleo? E se... Antonio Maria si abbatté a terra, si fece anche male a un ginocchio.

Accasciato al suolo, era devastato, senza la minima energia, anche l'aquila imperiale sembrava essersi rilasciata, priva di mordente. Non ce la farò mai, il mio destino è segnato: anche se decidessi di abbandonarmi all'inedia più completa, all'immobilità, all'apatia totale, fallirei pure in quell'obiettivo. Cercava di non respirare più, sperava che il suo cuore si fermasse da solo, certi santoni indiani ci riescono, riescono a costringere il proprio cuore a fermarsi, e se io...

Maria Antonietta alle undici fu di ritorno, in effetti lo sapeva benissimo che un'ora non sarebbe stata sufficiente, lo ritrovò così, fra la veglia e il delirio, sdraiato per terra a pancia in giù, in mutande, in stato di prostrazione, pur se tale parola non è lontanamente sufficiente a descrivere le condizioni psicofisiche di quell'uomo.

Lei comprese immediatamente la situazione, e fra la disperazione e l'irrisione dell'altro preferì quest'ultima cosa. In fondo il suo era uno sfogo nervoso, pur motivato.

«Ma che stai facendo, pezzo di un cretino, adesso ti vuoi appendere a una corda? Ma come pensi di esserne capace? Non vedi che l'hai messa troppo alta, non ti rendi conto che sei di bassissima statura? Lo vedi? Non sei in grado di valutare le cose, e io che ti ho dedicato la vita, io che mi faccio un mazzo così per tirare avanti la casa, io che mi preoccupo giorno e notte per te, ed è così che mi ringrazi, allora non ti è bastato quello che hai fatto e quello che ne hai ricevuto?».

Antonio Maria era riverso sul pavimento, si sentiva l'uomo più disgraziato del mondo, colui che anela alla morte, almeno alla morte, chiedo molto?, e non riusciva a guadagnare nemmeno quella. E adesso che sarebbe successo? Altra cella di rigore? La cella di rigore dell'istituto? In fondo se lo augurava, una cella di rigore perenne, che differenza ci sarebbe stata col morire?

Maria Antonietta montò sulla sedia sotto il cappio, e istericamente mostrò al marito che il cappio a quell'altezza andava bene per una persona alta come lei, che era quasi un metro e ottanta.

«Lo vedi, deficiente? Pensavi di essere alto come me? E figurati poi il cappio, non funziona di sicuro, credi di essere in grado di realizzare un nodo scorsoio?».

Scuotendo la testa Maria Antonietta provò la scorrevolezza del cappio, in effetti non funzionava, si mise il cappio al collo, non scorreva affatto.

«È così che volevi fare? E ti auguravi che al mio ritorno rimanessi devastata dallo spettacolo? Io sono devastata, ma dall'avere un marito fatto in questo modo! Credi che mi sarei messa a piangere? Per cosa, per un uomo che non è capace di fare assolutamente niente, se non forse cucire un orlo? Cucinare un polpettone che non sa di niente? Ma neanche quello, neanche quello, Madonna Santissima, cosa ho fatto per meritarmi questo, un marito completamente folle?».

Antonio Maria era svuotato. Riuscì ad alzarsi, trovando un residuo involontario di energia nervosa, l'ultima scheggia dovuta alla paura e alla deflagrazione morale. Veramente, forse l'unica era buttarsi dalla finestra, e andasse come andasse, magari poteva sperare di finire in coma, di perdere per sempre conoscenza, era l'unico suo desiderio, non ce la faceva più. Maria Antonietta controllava il cappio che aveva al collo e tutto si confermava, era fatto alla rovescia.

Antonio Maria si mosse, ma non si reggeva in piedi, nel tentativo di raggiungere la finestra sbandò, perse l'equilibrio, e urtò inavvertitamente la sedia sulla quale era in piedi LEI. La sedia scivolò via rotolando lontano e il commissario Salvatores cadde giù. Checché ne dicesse Maria Antonietta il nodo scorsoio era stato allestito alla perfezione e fece il suo dovere.

Indice

Commedia nera n. 1

Questo volume è stato stampato
su carta Palatina
delle Cartiere di Fabriano
nel mese di febbraio 2017

Stampa: Officine Grafiche soc. coop., Palermo

Legatura: LE.I.MA. s.r.l., Palermo

La memoria

Ultimi volumi pubblicati

801 Anthony Trollope. Le ultime cronache del Barset
802 Arnoldo Foà. Autobiografia di un artista burbero
803 Herta Müller. Lo sguardo estraneo
804 Gianrico Carofiglio. Le perfezioni provvisorie
805 Gian Mauro Costa. Il libro di legno
806 Carlo Flamigni. Circostanze casuali
807 Maj Sjöwall, Per Wahlöö. L'uomo sul tetto
808 Herta Müller. Cristina e il suo doppio
809 Martin Suter. L'ultimo dei Weynfeldt
810 Andrea Camilleri. Il nipote del Negus
811 Teresa Solana. Scorciatoia per il paradiso
812 Francesco M. Cataluccio. Vado a vedere se di là è meglio
813 Allen S. Weiss. Baudelaire cerca gloria
814 Thornton Wilder. Idi di marzo
815 Esmahan Aykol. Hotel Bosforo
816 Davide Enia. Italia-Brasile 3 a 2
817 Giorgio Scerbanenco. L'antro dei filosofi
818 Pietro Grossi. Martini
819 Budd Schulberg. Fronte del porto
820 Andrea Camilleri. La caccia al tesoro
821 Marco Malvaldi. Il re dei giochi
822 Francisco García Pavón. Le sorelle scarlatte
823 Colin Dexter. L'ultima corsa per Woodstock
824 Augusto De Angelis. Sei donne e un libro
825 Giuseppe Bonaviri. L'enorme tempo
826 Bill James. Club
827 Alicia Giménez-Bartlett. Vita sentimentale di un camionista
828 Maj Sjöwall, Per Wahlöö. La camera chiusa
829 Andrea Molesini. Non tutti i bastardi sono di Vienna

830 Michèle Lesbre. Nina per caso
831 Herta Müller. In trappola
832 Hans Fallada. Ognuno muore solo
833 Andrea Camilleri. Il sorriso di Angelica
834 Eugenio Baroncelli. Mosche d'inverno
835 Margaret Doody. Aristotele e i delitti d'Egitto
836 Sergej Dovlatov. La filiale
837 Anthony Trollope. La vita oggi
838 Martin Suter. Com'è piccolo il mondo!
839 Marco Malvaldi. Odore di chiuso
840 Giorgio Scerbanenco. Il cane che parla
841 Festa per Elsa
842 Paul Léautaud. Amori
843 Claudio Coletta. Viale del Policlinico
844 Luigi Pirandello. Racconti per una sera a teatro
845 Andrea Camilleri. Gran Circo Taddei e altre storie di Vigàta
846 Paolo Di Stefano. La catastròfa. Marcinelle 8 agosto 1956
847 Carlo Flamigni. Senso comune
848 Antonio Tabucchi. Racconti con figure
849 Esmahan Aykol. Appartamento a Istanbul
850 Francesco M. Cataluccio. Chernobyl
851 Colin Dexter. Al momento della scomparsa la ragazza indossava
852 Simonetta Agnello Hornby. Un filo d'olio
853 Lawrence Block. L'Ottavo Passo
854 Carlos María Domínguez. La casa di carta
855 Luciano Canfora. La meravigliosa storia del falso Artemidoro
856 Ben Pastor. Il Signore delle cento ossa
857 Francesco Recami. La casa di ringhiera
858 Andrea Camilleri. Il gioco degli specchi
859 Giorgio Scerbanenco. Lo scandalo dell'osservatorio astronomico
860 Carla Melazzini. Insegnare al principe di Danimarca
861 Bill James. Rose, rose
862 Roberto Bolaño, A. G. Porta. Consigli di un discepolo di Jim Morrison a un fanatico di Joyce
863 Stefano Benni. La traccia dell'angelo
864 Martin Suter. Allmen e le libellule
865 Giorgio Scerbanenco. Nebbia sul Naviglio e altri racconti gialli e neri
866 Danilo Dolci. Processo all'articolo 4
867 Maj Sjöwall, Per Wahlöö. Terroristi
868 Ricardo Romero. La sindrome di Rasputin

869 Alicia Giménez-Bartlett. Giorni d'amore e inganno
870 Andrea Camilleri. La setta degli angeli
871 Guglielmo Petroni. Il nome delle parole
872 Giorgio Fontana. Per legge superiore
873 Anthony Trollope. Lady Anna
874 Gian Mauro Costa, Carlo Flamigni, Alicia Giménez-Bartlett, Marco Malvaldi, Ben Pastor, Santo Piazzese, Francesco Recami. Un Natale in giallo
875 Marco Malvaldi. La carta più alta
876 Franz Zeise. L'Armada
877 Colin Dexter. Il mondo silenzioso di Nicholas Quinn
878 Salvatore Silvano Nigro. Il Principe fulvo
879 Ben Pastor. Lumen
880 Dante Troisi. Diario di un giudice
881 Ginevra Bompiani. La stazione termale
882 Andrea Camilleri. La Regina di Pomerania e altre storie di Vigàta
883 Tom Stoppard. La sponda dell'utopia
884 Bill James. Il detective è morto
885 Margaret Doody. Aristotele e la favola dei due corvi bianchi
886 Hans Fallada. Nel mio paese straniero
887 Esmahan Aykol. Divorzio alla turca
888 Angelo Morino. Il film della sua vita
889 Eugenio Baroncelli. Falene. 237 vite quasi perfette
890 Francesco Recami. Gli scheletri nell'armadio
891 Teresa Solana. Sette casi di sangue e una storia d'amore
892 Daria Galateria. Scritti galeotti
893 Andrea Camilleri. Una lama di luce
894 Martin Suter. Allmen e il diamante rosa
895 Carlo Flamigni. Giallo uovo
896 Maj Sjöwall, Per Wahlöö. Il milionario
897 Gian Mauro Costa. Festa di piazza
898 Gianni Bonina. I sette giorni di Allah
899 Carlo María Domínguez. La costa cieca
900
901 Colin Dexter. Niente vacanze per l'ispettore Morse
902 Francesco M. Cataluccio. L'ambaradan delle quisquiglie
903 Giuseppe Barbera. Conca d'oro
904 Andrea Camilleri. Una voce di notte
905 Giuseppe Scaraffia. I piaceri dei grandi
906 Sergio Valzania. La Bolla d'oro

907 Héctor Abad Faciolince. Trattato di culinaria per donne tristi
908 Mario Giorgianni. La forma della sorte
909 Marco Malvaldi. Milioni di milioni
910 Bill James. Il mattatore
911 Esmahan Aykol, Andrea Camilleri, Gian Mauro Costa, Marco Malvaldi, Antonio Manzini, Francesco Recami. Capodanno in giallo
912 Alicia Giménez-Bartlett. Gli onori di casa
913 Giuseppe Tornatore. La migliore offerta
914 Vincenzo Consolo. Esercizi di cronaca
915 Stanisław Lem. Solaris
916 Antonio Manzini. Pista nera
917 Xiao Bai. Intrigo a Shanghai
918 Ben Pastor. Il cielo di stagno
919 Andrea Camilleri. La rivoluzione della luna
920 Colin Dexter. L'ispettore Morse e le morti di Jericho
921 Paolo Di Stefano. Giallo d'Avola
922 Francesco M. Cataluccio. La memoria degli Uffizi
923 Alan Bradley. Aringhe rosse senza mostarda
924 Davide Enia. maggio '43
925 Andrea Molesini. La primavera del lupo
926 Eugenio Baroncelli. Pagine bianche. 55 libri che non ho scritto
927 Roberto Mazzucco. I sicari di Trastevere
928 Ignazio Buttitta. La peddi nova
929 Andrea Camilleri. Un covo di vipere
930 Lawrence Block. Un'altra notte a Brooklyn
931 Francesco Recami. Il segreto di Angela
932 Andrea Camilleri, Gian Mauro Costa, Alicia Giménez-Bartlett, Marco Malvaldi, Antonio Manzini, Francesco Recami. Ferragosto in giallo
933 Alicia Giménez-Bartlett. Segreta Penelope
934 Bill James. Tip Top
935 Davide Camarrone. L'ultima indagine del Commissario
936 Storie della Resistenza
937 John Glassco. Memorie di Montparnasse
938 Marco Malvaldi. Argento vivo
939 Andrea Camilleri. La banda Sacco
940 Ben Pastor. Luna bugiarda
941 Santo Piazzese. Blues di mezz'autunno
942 Alan Bradley. Il Natale di Flavia de Luce
943 Margaret Doody. Aristotele nel regno di Alessandro

944 Maurizio de Giovanni, Alicia Giménez-Bartlett, Bill James, Marco Malvaldi, Antonio Manzini, Francesco Recami. Regalo di Natale
945 Anthony Trollope. Orley Farm
946 Adriano Sofri. Machiavelli, Tupac e la Principessa
947 Antonio Manzini. La costola di Adamo
948 Lorenza Mazzetti. Diario londinese
949 Gian Mauro Costa, Alicia Giménez-Bartlett, Marco Malvaldi, Antonio Manzini, Francesco Recami. Carnevale in giallo
950 Marco Steiner. Il corvo di pietra
951 Colin Dexter. Il mistero del terzo miglio
952 Jennifer Worth. Chiamate la levatrice
953 Andrea Camilleri. Inseguendo un'ombra
954 Nicola Fantini, Laura Pariani. Nostra Signora degli scorpioni
955 Davide Camarrone. Lampaduza
956 José Roman. Chez Maxim's. Ricordi di un fattorino
957 Luciano Canfora. 1914
958 Alessandro Robecchi. Questa non è una canzone d'amore
959 Gian Mauro Costa. L'ultima scommessa
960 Giorgio Fontana. Morte di un uomo felice
961 Andrea Molesini. Presagio
962 La partita di pallone. Storie di calcio
963 Andrea Camilleri. La piramide di fango
964 Beda Romano. Il ragazzo di Erfurt
965 Anthony Trollope. Il Primo Ministro
966 Francesco Recami. Il caso Kakoiannis-Sforza
967 Alan Bradley. A spasso tra le tombe
968 Claudio Coletta. Amstel blues
969 Alicia Giménez-Bartlett, Marco Malvaldi, Antonio Manzini, Francesco Recami, Alessandro Robecchi, Gaetano Savatteri. Vacanze in giallo
970 Carlo Flamigni. La compagnia di Ramazzotto
971 Alicia Giménez-Bartlett. Dove nessuno ti troverà
972 Colin Dexter. Il segreto della camera 3
973 Adriano Sofri. Reagì Mauro Rostagno sorridendo
974 Augusto De Angelis. Il canotto insanguinato
975 Esmahan Aykol. Tango a Istanbul
976 Josefina Aldecoa. Storia di una maestra
977 Marco Malvaldi. Il telefono senza fili
978 Franco Lorenzoni. I bambini pensano grande
979 Eugenio Baroncelli. Gli incantevoli scarti. Cento romanzi di cento parole

980 Andrea Camilleri. Morte in mare aperto e altre indagini del giovane Montalbano
981 Ben Pastor. La strada per Itaca
982 Esmahan Aykol, Alan Bradley, Gian Mauro Costa, Maurizio de Giovanni, Nicola Fantini e Laura Pariani, Alicia Giménez-Bartlett, Francesco Recami. La scuola in giallo
983 Antonio Manzini. Non è stagione
984 Antoine de Saint-Exupéry. Il Piccolo Principe
985 Martin Suter. Allmen e le dalie
986 Piero Violante. Swinging Palermo
987 Marco Balzano, Francesco M. Cataluccio, Neige De Benedetti, Paolo Di Stefano, Giorgio Fontana, Helena Janeczek. Milano
988 Colin Dexter. La fanciulla è morta
989 Manuel Vázquez Montalbán. Galíndez
990 Federico Maria Sardelli. L'affare Vivaldi
991 Alessandro Robecchi. Dove sei stanotte
992 Nicola Fantini e Laura Pariani, Marco Malvaldi, Dominique Manotti, Antonio Manzini, Francesco Recami, Gaetano Savatteri. La crisi in giallo
993 Jennifer Worth. Tra le vite di Londra
994 Hai voluto la bicicletta. Il piacere della fatica
995 Alan Bradley. Un segreto per Flavia de Luce
996 Giampaolo Simi. Cosa resta di noi
997 Alessandro Barbero. Il divano di Istanbul
998 Scott Spencer. Un amore senza fine
999 Antonio Tabucchi. La nostalgia del possibile
1000 La memoria di Elvira
1001 Andrea Camilleri. La giostra degli scambi
1002 Enrico Deaglio. Storia vera e terribile tra Sicilia e America
1003 Francesco Recami. L'uomo con la valigia
1004 Fabio Stassi. Fumisteria
1005 Alicia Giménez-Bartlett, Marco Malvaldi, Antonio Manzini, Santo Piazzese, Francesco Recami, Gaetano Savatteri. Turisti in giallo
1006 Bill James. Un taglio radicale
1007 Alexander Langer. Il viaggiatore leggero. Scritti 1961-1995
1008 Antonio Manzini. Era di maggio
1009 Alicia Giménez-Bartlett. Sei casi per Petra Delicado
1010 Ben Pastor. Kaputt Mundi
1011 Nino Vetri. Il Michelangelo
1012 Andrea Camilleri. Le vichinghe volanti e altre storie d'amore a Vigàta
1013 Elvio Fassone. Fine pena: ora

1014 Dominique Manotti. Oro nero
1015 Marco Steiner. Oltremare
1016 Marco Malvaldi. Buchi nella sabbia
1017 Pamela Lyndon Travers. Zia Sass
1018 Giosuè Calaciura, Gianni Di Gregorio, Antonio Manzini, Fabio Stassi, Giordano Tedoldi, Chiara Valerio. Storie dalla città eterna
1019 Giuseppe Tornatore. La corrispondenza
1020 Rudi Assuntino, Wlodek Goldkorn. Il guardiano. Marek Edelman racconta
1021 Antonio Manzini. Cinque indagini romane per Rocco Schiavone
1022 Lodovico Festa. La provvidenza rossa
1023 Giuseppe Scaraffia. Il demone della frivolezza
1024 Colin Dexter. Il gioiello che era nostro
1025 Alessandro Robecchi. Di rabbia e di vento
1026 Yasmina Khadra. L'attentato
1027 Maj Sjöwall, Tomas Ross. La donna che sembrava Greta Garbo
1028 Daria Galateria. L'etichetta alla corte di Versailles. Dizionario dei privilegi nell'età del Re Sole
1029 Marco Balzano. Il figlio del figlio
1030 Marco Malvaldi. La battaglia navale
1031 Fabio Stassi. La lettrice scomparsa
1032 Esmahan Aykol, Gian Mauro Costa, Alicia Giménez-Bartlett, Marco Malvaldi, Antonio Manzini, Francesco Recami, Gaetano Savatteri. Il calcio in giallo
1033 Sergej Dovlatov. Taccuini
1034 Andrea Camilleri. L'altro capo del filo
1035 Francesco Recami. Morte di un ex tappezziere
1036 Alan Bradley. Flavia de Luce e il delitto nel campo dei cetrioli
1037 Manuel Vázquez Montalbán. Io, Franco
1038 Antonio Manzini. 7-7-2007
1039 Luigi Natoli. I Beati Paoli
1040 Gaetano Savatteri. La fabbrica delle stelle
1041 Giorgio Fontana. Un solo paradiso
1042 Dominique Manotti. Il sentiero della speranza
1043 Marco Malvaldi. Sei casi al BarLume
1044 Ben Pastor. I piccoli fuochi
1045 Luciano Canfora. 1956. L'anno spartiacque
1046 Andrea Camilleri. La cappella di famiglia e altre storie di Vigàta
1047 Nicola Fantini, Laura Pariani. Che Guevara aveva un gallo
1048 Colin Dexter. La strada nel bosco